神様のお父さん

ユーカリの木の蔭で2

動作

シュペルヴィエル
訳／安藤元雄

その馬はうしろを振り向いて
誰もまだ見たことのないものを見た。
それからユーカリの木の蔭で
牧草をまた食べ続けた。

それは人間でも樹でもなく
また牝馬でもなかったのだ。
葉むらの上にざわめいた
風のなごりでもなかったのだ。

それは　もう一頭の或る馬が、
二万世紀もの昔のこと、
不意にうしろを振り向いた
ちょうどそのときに見たものだった。

そうしてそれはもはや誰ひとり
人間も　馬も　魚も　昆虫も
二度と見ないに違いないものだった。大地が
腕も　脚も　首も欠け落ちた
彫像の残骸にすぎなくなるときまで。

神様のお父さん　目次

本と幸せ

装丁・山田英春
装画・建石修志

神様のお父さん

ユーカリの木の蔭で 2

天狗になった話

落語に『二人旅』、『三人旅』というのがある。

会話で進めて行くのが落語だから『一人旅』では寂しい。かといって『四人旅』では、語る方も聞く方も混乱しそうだ。

南伸坊、糸井重里の『黄昏』（東京糸井重里事務所）は、まさにこの『二人旅』だ。二人が、鎌倉、日光、東北、東京を歩きながら、ひたすら会話を交わして行く。そのやり取りが実にいい。

名言満載なのだが、《糸井　落語って、オレたちにとって、ギリシャ神話みたいなもんなんだよ。》《南　いや、ほんと、そうですよ。》というあたりなど、うーむ、と唸ってしまう。

中でも印象に残るのが、天狗の話。伸坊さんは、皆様、ご承知の通り、様々な人や

人以外のあれやこれやに（日光の眠り猫や、沖縄のキジムナーなどにまで）なる――ということをなさっている。

今度は何になろう？　そうだ天狗になろう！　というわけで、群馬県の迦葉山《かしょうざん》に行った。お坊さんに《天狗になって写真撮っていいですか》と断ると《かまいませんよ》。で、顔も赤く塗り、鼻も衣装も完全な天狗になって出て行くと《おおおおー》。お坊さんの態度が全く変わった。崇められる。何しろ、天狗なのだから。

その姿で歩いて行くと、幼稚園があった。

南　そしたら、どうやら、お昼寝の時間でさ。みんなが寝てるなか、窓の外を見てる女の子がいたんだよ。ほかのみんなは、寝てんだよ。で、その女の子が、眠れずに、ひとり窓の外を見てると、そこに……天狗が立ってる。

糸井　ははははは。

南　天狗のオレが、こういう状態で（天狗風に目をむく）。

糸井　いい（笑）。黙ってね。

南　黙って。もう、窓の向こうから、上目遣いで、ものすごく一所懸命、見てた。

糸井　いいねぇ（笑）。

続いて正面玄関に行くわけだが、それはさておき、この場面は凄い。

子供の頃、わたしは光文社版で、江戸川乱歩の少年探偵団シリーズを読んだ。巻末に、実に魅力的な全巻紹介が載っていた。

『灰色の巨人』には《こわかったよ。ぼくがその坂をのぼっていった。すると坂のてっぺんに沈みかけている真赤な夕日を前に、恐ろしい大きな奴と赤んぼみたいな小人が並んで立っていた》と書かれていた。今も忘れない。これに通じる。

ある女性作家の方に、この話をすると、その方は、大きな目をさらに大きくしていった。

「北村さん、そういう女の子が、作家になるんですよっ！」

それとこれ

銀座のヤマノ楽器に入った。落語ＣＤのコーナーに向かう。（「世界初、ハープで弾く『ゴールドベルク変奏曲』」なんてのも買いましたが、それはまた別の話）『小沢昭一的 新宿末廣亭 ごきげん三夜』『たっぷり四夜』が出ているのを発見。

去年、『特選三夜』が出たのを喜びつつ、

――音があるなら、全部、出してくれっ。

と心で叫んでいたら、同じような人達が多くて合唱になったのだろう。これで十回分、全部揃った。

小沢昭一が、新宿末広亭の高座に上がったのが、平成十七年六月下席。連日超満員、末広亭が壊れるのでは――という奇跡の十日間となった。

その全記録『小沢昭一的 新宿末廣亭十夜』（講談社）が出たのが二〇〇六年。つい

この間だと思ったら、もう十年以上経つ。音も聴きたい——という願いがかなったのだから、長生きはするものだ。

ところで、ＣＤを聴き終えてから本を開くと、これがまたいい。

小沢昭一の前書き、「末広亭出演の記」（本文は末広亭、タイトルなどは末廣亭、ちなみにＣＤは末廣亭）は、こう結ばれている。自分は、熱演しがちなのだが、

この高座を観にきた伜の嫁から、「お父さん、いつも家でしゃべってるのと同じね」と言われたことが一番の収穫でした。この年齢になって、そろそろ自然体の商売が出来るようになったかと、ひそかに、自分では喜んでおります。


柳家小三治の後書き「この温かさが寄席なんだ」も素晴らしい。自分のまくらには、小沢昭一の影響がある。ところが、師匠小さんは長いまくらが嫌いだった。「余計なことを言うな」と叱る。

そこで私が、「まくらでは、こういうことを話しているんですよ。私は別に誰の味方もしているわけじゃない。いつも修行のつもりで世の中を見ていますけど」と

言ったら、師匠、じーっと黙っていて、ひょいっと顔を上げると、「だからな、そういう理屈っぽいことを言わなきゃいいんだよ」。

いいですねぇ、このセリフ。

自分には自分の型がありつつ、師匠を好きで好きでたまらない――というところが、実によく出ている。

扉には楽屋のネタ帳の写真もあり、

――ああ、この日、圓丈が「悲しみは埼玉に向けて」をやったのか。

ということも分かる。

本文も勿論、微妙に文字で表現する語りになっているところや、レイアウトの工夫を楽しめる。読んだ後には聴きたくなり、聴いた後には、また読みたくなる。

――本って、いいなあ。

と、改めて思う。

予選

正宗白鳥の『文壇五十年』（中公文庫）に、九州のある新聞社が、新聞小説を募集した時のことが出て来る。選考委員は、田山花袋、徳田秋声、そして島崎藤村だった。新聞社で予選をし、通過作品数篇を委員に送った。読んだ島崎藤村は、《この提供された幾篇かの応募作品を読んで、どれも当選に値いしない》と思った。で、受賞作なしになった――かというと、そうではない。藤村はいった。

――予選洩れの作品を見たいから送って呉れ。

社の方では、予選以外の作品に目ぼしい者は断じて無いのだから、是非あのうちから選んで呉れと、藤村の申出を強硬に拒んだ。

しかし、藤村は屈服しなかった。応募作品をもっと見せろと云うのは、選者の権

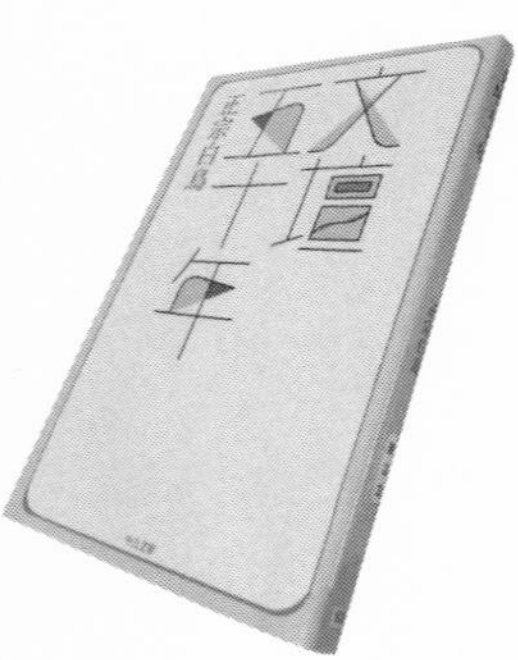

利である。社の方で拒む理由はないと云って、自分の申出を引込めなかった。それで社の方でも、不承不承に、予選洩れの作品を選者に送った。どうせろくなものがある筈はないのに、余計な手間を掛けると、社では高をくっていたのであろうが、藤村などの選者は、予選洩れの作品のうちから、当選作を見つけたのであった。それは文学作品として可成りいいものであったらしい。

小説の選考は、陸上競技などのそれとは違う。この問題には、絶対的な解決などあり得ない。

白鳥は《私は、そういう点では藤村はえらいと思う。私などは、藤村のような野暮な事は云わない。そんな面倒な事はしたくない》という。

長編の応募作が何百とある場合、実際問題として、選考委員が全て読むことなど出来ない。

しかし、予選委員がいて、本選委員がいるような場合、一概に《藤村はえらい》という美談にもしかねる。予選委員の個性というものがあるからだ。

例えば、ミステリの新人賞に松本清張が『点と線』で応募して来たとする。わたしが予選委員なら、一次選考で落としたくなる。ミステリとしては完全な失敗作だ。零点ではない。マイナス点になる。ところがややこしいことに、読み物としては、勿論、一流なのだ。

となれば、当てているのがミステリにはお門違いの物差しと分かりつつ、結局、通さざるを得なくなる。歯がみしながら――だ。

しかしながら、ミステリとしては傷のない凡作を通し、主催者側がいかに困ろうと、信念を持って『点と線』を落とす予選委員がいても、おかしくない。人によって物差しは違う。

予選をやる――と決めた以上、ここで誰かが藤村のようなことをいい出したらどうなるか。美談ではない。ルール違反になってしまう。難しいところだ。

鷗外の実験

正宗白鳥の『文壇五十年』のことを書いたが、ちょっと面白い話なら、中に色々ある。森鷗外が戦地から妹、小金井喜美子に宛てた「極秘」の手紙もそうだ。

白鳥は、『浅間嶺』という雑誌に載っていたそれに心引かれ、取っておいた。《これは鷗外の書翰集のなかにはまだ入っていないのではあるまいか》というが、勿論、今では入っていて、普通に読める。

鷗外はその中で《新派の女王鳳晶子の詩歌文章が絢爛人目を奪う》、《その絢爛はどうして生ずるかを詮議した》。

鳳晶子は与謝野晶子である。『みだれ髪』に、こんな歌がある。ここでは、鷗外が書いている形ではなく、原典の通りに引く。

浅黄地に扇ながしの都染《みやこぞめ》九尺のしごき袖よりも長き

鷗外はいう。《これ等が崇拝家のいはゆる絢爛中の絢爛だらう》、なるほど《こんな歌は古来無い》。書生さんや自分には女性の着物のことが分からないから、幻惑される。そこで実験。妻に、婚礼の時の《呉服地から染色縫模様を一番問うて》得た単語を、三十一文字に並べた。

緋綾子《ヒリンズ》に金糸銀糸のさうもやう五十四帖も流転のすがた

そして、晶子さんには失礼だが《大差はないやうだ》と胸を張る。なるほど、最後に《極秘ですよ》というのも分かる。

正岡子規は「再び歌よみに与うる書」で、古今集《を開くとすぐに「去年《こぞ》とやいはん今年とやいはん」という歌が出て来る実に呆れ返った無趣味の歌にこれあり候。日本人と外国人との合の子を日本人とや申さん外国人とや申さんとしゃれたると同じ事にてしゃれにもならぬつまらぬ歌に候》といっている。主張したいことがあっての文章なので、調子が強引になる。《同じ事にて》というのはさすがに無理だろう。

一方、鷗外の実験には説得力がある。ただし、一首が与謝野晶子ではない。総体が晶子なのだから、別人がそれに成り代わることなど、いうまでもなく不可能だ。白鳥が、この手紙を紹介するのは、与謝野晶子がどうこうではない。こういう鷗外——やれば、出来るさ、という鷗外を語りたいのだ。白鳥は書く。

鷗外は、自然主義作家が、凡庸な自分の日常生活をありのままに叙して、それを小説の本道のように主張しているのに刺戟されて、それでよければ小説なんか造作はないと思って、彼らしい身辺小説、私小説を書きだした。鷗外の目で見たら、晶子の絢爛たる和歌も造作なく模倣し得られる如く、藤村の新体詩も造作なく模倣し得られるのではあるまいか。

話の名人

小島政二郎の『百叩き』のことは、前に書いたと思うが『ペケさらんぱん』（北洋社）は、それに続くものである。

小島は、『うえの』という小雑誌に、『百叩き』という題で、随筆を書いていた。それを本にしてしまったので、連載の題をかえたくなった。

そんな頃、若い人と話していて、

「そいつア、ペケさらんぱんだ」

といったら通じない。

昔は《子供も大人も毎日のように》いっていた——というのだが、どうだろう。ペケは駄目の意味。さらんぱんはフランス語からきているともいうが、どうもあやしい。小島は《皿を粉微塵に叩き割った擬音だと思う》。要するに、《ペケの最も窮わま

った状態》。

そこで、連載のことだが、

「どうだろう、ペケさらんぱんと云う題は？」

一同賛成して、そう決まった。

長生きをし、多くの人と交友のあった小島らしく、なるほど——と思う話が、いろいろと載っている。

中に、徳川夢声のことが出て来た。彼はもともと、無声映画の弁士であった。凡作のフィルムでも、移る画面につれて、夢声が語り出すと、手に汗握る名作に変じたという。

さて、小島はいう。

徳川夢声は話術の大家で、落語家《はなしか》の円喬を尊敬すること無類だった。その点で、私とよく意見が一致した。円喬を買わないで、円右を買う久保田万太郎を蔭で二人で軽蔑し合った。

だから、夢声を悪く云う気はサラ〱ない。彼が話術の大家として、演壇でいかに間《ま》を大事にしたか。話を生かすも殺すも、間の如何《いかん》にある。それほど間は大事なものだ。

ところが、夢声は間を会得したために、私達と日常の会話を交わす時にも、この間を忘れなかった。と云うよりも、しじゅう間を意識していた。

これは——友達を聴衆扱いされることは、あんまり気持のいゝものではなかった。話がトントンと運ばないじれッたさがあった。正直の話

「止《よ》せやい」

と云いたくなることが、しば〲あった。久保田万太郎にも、同じ癖があった。

「そう日常会話に効果を考えないで下さいよ。もっと早く仕舞まで話してしまって下さいな」

そう云いたくなったことが幾度もあった。

山場で、

——しかし、その時……、

などと休止を入れ、相手に嫌がられている話術の名人を想像すると、何ともおかしい。

徳田秋声は、こんな風に……

今回も、『ぺケさらんぱん』（北洋社）にある話。

小島政二郎の担当編集者になったのは、和田芳恵だった。樋口一葉研究の第一人者であり、小説「接木の台」などで知られるあの人だ。

和田芳恵は、無理な催促などしないのに、書こう――と思わせる編集者だった。今までの小島の作品をきちんと読み、正しく評価してくれた。

ある時、小島が、《自然主義の洗礼を受けているかいないかで、作者のホンモノかホンモノでないかが分る》というと、和田は驚き、《誰がお好きですか》と聞いてきた。《秋声さ》と答えると身を乗り出し、では、《秋声の何ですか》。まだ「のらもの」も「縮図」も書かれる前だったので、「傑作は『爛れ』と『あらくれ』だろう」。

小島政二郎は、森鷗外の文章に傾倒していた。和田はそれを知っていたから、意外

に思ったのだ。

小島は、いった。

「秋声の小説の魅力は、文章になんかない。ああいう文章でなければ書けない人生だもの。『爛れ』や、『あらくれ』になると、誰があんな生きた女が書けるんだ？　鷗外の『雁』の中の女——何と云ったかな、お玉か、あの女は可愛らしく書かれているが、人生の中にいないよ。鷗外の訳した『諸国物語』の中の人間だ。そこへ行くと、秋声の女はお増にしても、お島にしても、みんな人生の中の女だ。そういう意味で、秋声こそ日本一の小説家だと思う」

和田は《同感者を得た喜びに目を輝かしていた》。二人はファンとして語り合った。小島は、秋声の特色をあげた。

今、現在のことを書いていると思っていると、いつの間にか、過去の話になり、過去のことと思って読んでいると、知らないうちにまた現在のことに帰って来る。この書き方で、人物や事件に厚みと複雑性が出て来る。技巧ではない。秋声以外に誰も持っていない作法《さく》だ。

これだけなら持論の展開だが、小島は秋声と同時代に生き、言葉を交わしている。理論に、エピソードというおまけがつく。

そのことを、いつか秋声先生に逢った時質問したら、頭のうしろへ手を当てがって、

「僕は頭が悪いので――」

あの特色のあるサビのある声でそう云ったきりで、それ以上の説明をしてくれなかった。

小島は和田に向って、秋声の声を真似、動きをそのまま演じてみせた。秋声を知らなかった和田は《非常に喜んだ》――という。それはそうだろう。いい話だ。

和田芳恵は、顔を赤らめて……

前回、徳田秋声の愛読者である小島政二郎と和田芳恵が、秋声の文章の妙について語り合い、意気投合したと書いた。

それは、《今、現在のことを書いていると思っていると、いつの間にか、過去の話になり、過去のことと思って読んでいると、知らないうちにまた現在のことに帰って来る》といった書き方だ。

ところで、高橋一清の『編集者魂　私の出会った芥川賞・直木賞作家たち』（集英社文庫）にこんな一節がある。

高橋はある時、和田から短編を貰った。しかし、《文章がどうしても通らない三行があった》。ゲラにしてから読み直しても、やはり納得出来ない。思い切って、聞いてみると、和田は、

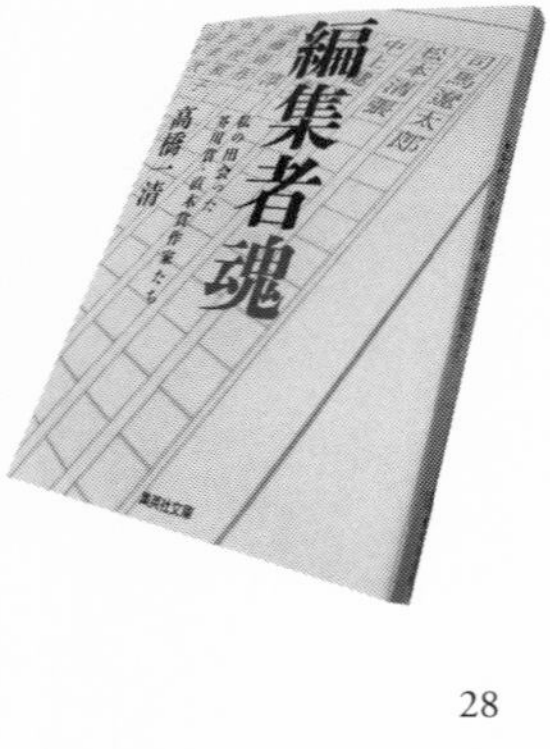

「やはりだめか。やめておきましょう」

といって、その三行に赤を引いて消した。《やはり》というのが気になる。


「どうしてですか」

和田さんは、顔を赤らめて恥ずかしそうに言った。

「一度、秋声先生の真似をしてみたかったのです」

徳田秋声の文章は、特徴がある。所々に途中で流れが違っていく文章が挟まっている。それが、秋声の「痴情小説」の複雑な心理描写に適応し、特有の効果を示した。和田さんはそれを一度試みてみたかったのである。しかし、そういう文章は徳田秋声のものなのである。師と仰いだ人がしたことを自分も文業を積むことで獲得できたと思われたのだろうか。だが、読む人に「おかしい」と思われるようでは格好がつかない。あの時、そのままにしておいて差し上げるべきだったかも知れない。私の正直が、いいことだったか、今でも結論が出ない。

傾倒が、本物だったことが分かる。《顔を赤らめて》いったという和田芳恵の純情ぶりがゆかしい。

こう書かれてはいるが、実はこの短編が凡作ではない。

長兄の仙一は小樽中学二年生のとき、爪先き立ちで、ひょこひょこ歩いて家へ戻ってきた。

と始まる「雪女」。年度最高の短編に与えられる川端康成文学賞受賞作なのだ。受賞の言葉は、妻、和田静子が書いた。

『川端康成文学賞が……』というお知らせ、まことに驚いてしまいました。井上靖先生はお電話でたしか『和田さんに直ぐ知らせて下さい』とおっしゃったようでした。一瞬夫が生きているような気が致しました。私は夫の小説はほとんど読んで居りませんので、したがってその評価もわかりませんが、歿後早や六ヵ月も過ぎてしまったこの頃未だ皆さまが覚えてて下さったことが何より有難く嬉しいのです。

運命

またまた『ペケさらんぱん』（北洋社）にある話である。

和田芳恵といえば「接木の台」などで知られる小説家であり、また、樋口一葉研究の第一人者だ。『一葉の日記』は、表に書かれていない奥の奥にまで、綿密な調査と深い読みで分け入っている。

一葉研究に身を捧げた和田だが、『ペケさらんぱん』を読むと、そうなるについての偶然の導きがあったようだ。

小島政二郎のところには、馬場孤蝶の手になる『一葉全集』上下二冊（前編、後編かとも思われるが、ここでは小島の表記による）があった。久保田万太郎が、それを何度も借りに来ているうちに『下』の方をなくしてしまった。

ところで小島は、《一葉を尊敬していたから、孤蝶の一葉に関する話をそれからそ

れへと聞くのを楽しみにしていた。その話を、私は和田君に受け売りをした》。和田は、面白がって聞く。そこで《万太郎から返ってきた「一葉全集」が端本になったので、それを和田君にやった》。

それが丁度日記の部分で、それに万太郎がいろ〳〵書き込みをしていた。その書き込みを読んで、和田君は、

「何だ、天下の万太郎の理解もこの程度か」

と軽蔑を感じたそうだ。この軽蔑感が、和田君に一葉の研究を思い立たせた原因だった。同時に、一葉に愛を感じたと云っていた。

和田は、一葉の日記、四十四冊を借りて来て読みにかかった。最初は歯が立たなかったが、繰り返し見ているうちに、すらすら読めるようになった。すると、《合点の行かない個所が、次々と出て来た》。

和田は金もないのに、何度も、一葉の故郷《大藤村まで行って、いろんな人に逢って、分らないままになっていた事を、一つ一つ根掘り葉掘りして納得の行くまで調べ上げて来た》。

『三田文学』に書いた『樋口一葉』を初めとし、次々とその成果を発表した。《「一葉の日記」で芸術院賞を貰い、筑摩書房から「一葉全集」を七冊出し、その外いろんな一葉の著作をした。一葉のことなら、和田君の本を読めばいゝ。一葉研究の第一人者になった》。

さらに、小説家として発表の場を得、『塵の中』で直木賞、「接木の台」で読売文学賞、「雪女」で川端康成文学賞を受賞する。

さて、和田芳恵が、小島政二郎の担当編集者になっていなければどうだったたか。そして万太郎が『一葉全集』の『下』をなくし不揃いにならなければ、『上』を貰えなかったろう。さらに、そこに万太郎の寸感が記されていなかったら、どうか。人の運命とは、まことに不思議なものである。

渾身の一冊

小島政二郎と和田芳恵の話が続いた。そこでまことに遅ればせながら山田幸伯の『敵中の人　評伝・小島政二郎』（白水社）を読んだ。

年譜等を加えれば七百ページを越える大冊だが、読み始めたらやめられない。漱石や芥川、あるいは太宰といった有名作家の伝記ではない。それなのに実に面白い。帯にはこう書かれている。

《永井荷風、今東光、永井龍男、松本清張、立原正秋　5人の大家からの「嫌われぶり」を基に一世を風靡した昭和の名人作家の毀誉褒貶を描く大作》。この仕掛けが巧い。小島を描くのにこういう手があったかと思う。

ちらりと出てくる雑誌『別冊かまくら春秋　最後の鎌倉文士　永井龍男　追悼号』は、わたしも神保町の古書店の平台にあったのを買った。その座談会における、横山

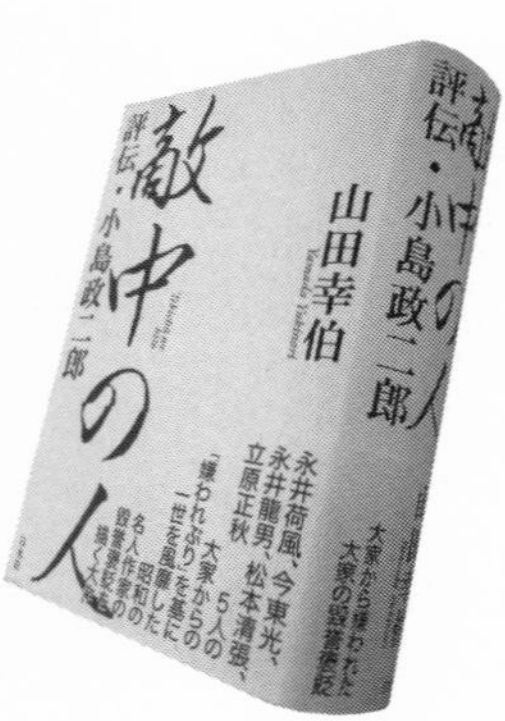

隆一の言葉。《車に一緒に乗ってる時、小島さんが前を歩いてた。そしたら、永井さん、「おい、ひいちゃえよ」なんて、冗談いってね》。これはわたしも覚えている。《嫌われぶり》を示すのに格好の材料だ。素材の切り取り方がこのように見事だ。

著者の父は、芥川賞候補に二回、直木賞候補に六回なった作家津田信。小島に師事した。《ゆえに小島政二郎は私にとって、初めから「先生」としか呼びようのない存在であった》。その立場から、小島の濡れ衣をはがしていく。

今東光は、小島を《大変な嘘つき》という。だが、その東光の記憶の方こそ誤りであることを論証していくところなどまことにスリリングだ。人が人について語ることのあやうさに背筋が寒くなる。

小島にとって最もつらい嫌われ方をした相手は、こちらからは愛した永井荷風だろう。まだ小島が学生だった頃、当時の作家の文字遣いなどの難点を列記し『三田文学』に載せた。他の作家が黙殺したのに対し、鷗外は丁寧な封書で応じた。恐懼した小島への第二信の末尾には、何と《小島學兄》と書かれていた。感激した小島は、このことを『三田文学』に書いた。一方の荷風は、逆に小島を揶揄する一文を発表した。

だが山田幸伯は一歩進み、鷗外が小島に丁寧に対応したことそのものが、荷風には腹立たしかったのだろう――と書く。

森先生は、なんだってこんな若造を相手にするのか。それも自分のほうから接触し、その挙句に「學兄」とは——。

わたしは、そこまで考えていなかった。目から鱗が落ちた。他にも、教えられることは多い。

本とは、その人でなければ書けないことを書くものだ。その立場にいた著者が、師を描き父を描き、見事に自分の務めを果たした。生きるとは、まさにこういう仕事をすることだと思った。

もの言う帯

有栖川有栖さんと対談させていただいた。

有栖川さんと初めてお会いしたのは三十年近く前、鶯谷の豆腐料理専門店「笹乃雪」でのことだった。当時の東京創元社編集長戸川安宣氏が引き合わせてくださった。

有栖川さんの顔を見るとその頃が昨日のこととなり、同じ教室の授業を終え、たった今、廊下に出て来た生徒同士のように、話を始めてしまう。

さて、前巻『ユーカリの木の蔭で』の中で、本の帯について書いた。帯といっても、棚に入れてしまえば目に入るのは背表紙の部分だけになる。わずかなその幅で、編集者はさまざまなことを語る。

『百鬼園寫眞帖』（旺文社）の場合は《旺文社文庫内田百閒作品　全三十九巻完結記念出版》。「そうなんですか」と思う。長い情報としては『シュペルヴィエル抄』堀口

大學訳（小沢書店）。《南米生まれのフランス詩人シュペルヴィエル。堀口大學新訳版による詩とコント、作品集成》。新しいところでは『たましいのふたりごと』川上未映子×穂村弘（筑摩書房）が簡潔に《人生の〝ワンダー〟をもとめて》。

ところが、これが全集になるとほとんどの場合、寡黙になる。巻数や収録作品のみ示す例が多い。河出書房新社の『定本 横光利一全集』が《第一巻》、《第二巻》といった具合。

さて以前、この欄で、本の帯が制作者の意図をはなれ、不思議な口を開いてしゃべり出す例をあげた。繰り返すわけにもいかないから、そういう面白いことがあったとお考えいただきたい。

今回それに、中央公論新社から出た最も新しい『谷崎潤一郎全集』の例を加えよう。この帯の背には全集としては珍しく、作中の言葉が抜かれている。箱についた帯だから、図書館では見られない。

さて、この全集の月報、第2巻にはわたし、第12巻は、有栖川さんが言葉を寄せている。その二冊を並べると帯の方はこうなる。

まず第2巻。

僕はお前が
死ねと云へば、
何時《いつ》でも死ぬよ。

その隣に、第12巻を置くと、こう答える。

あら、
死んぢやつたの？
仕様がないわね。

『ガリバー旅行記』のジョナサン・スウィフト、若き日の作が『書物戦争』。図書館の本が意志を持ち、戦いを始める。Aの考えることは必ずBも考える。そういった趣向は、日本の江戸時代にもある。
しかしながら遠い昔のことではない。現代の本もまた、並べば語るのである。

泉鏡花と罪人の門

小島政二郎の随筆集なら、他にもある。《食いしん坊》のシリーズは、学生時代、神保町で見つけて、

——何か、おいしい話はないか。

と、買って読んだ。書棚を見たが、ちょっと見つからない。『食いしん坊　交遊録』（彩古書房）はあるので、それから引く。

泉鏡花の潔癖症は有名だ。外出先で食べるものといえば、ぐらぐら煮立った鳥鍋と決まっていた。

水上滝太郎は、鏡花の粗食が過ぎるのを心配し、医者に行かせた。診察した博士は、

「栄養失調になっていらっしゃいます」

そういって、牛乳、牛肉をすすめた。

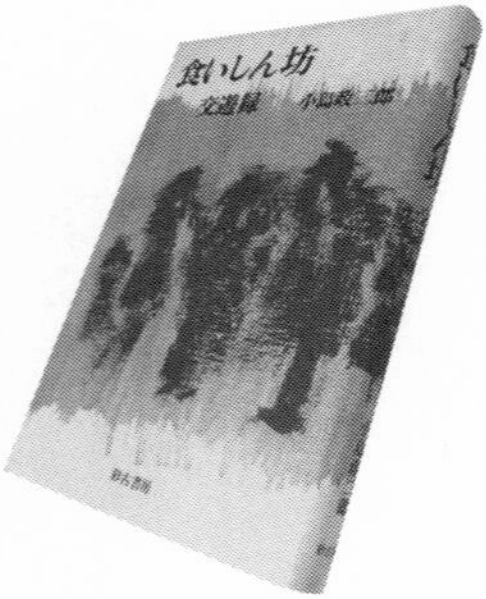

命にかかわると思って、水上が誠心誠意説得すると、鏡花も、

「……努めて食べてみよう」

その返事を聞いた時の、飛び立つような喜びを、小島は、水上の口からじかに聞いた——という。

それ以来、鏡花は、信頼する水上の買って来る牛肉なら食べるようになった。

水上滝太郎は、《毎日会社の帰りに、牛肉を買って帰らなければならなかった》、金春通りの花月という店で《毎日いいところを百匁《め》ずつ買って》行った。

敬愛する先生のためなら、それが大変ではないのだ。

水上は、鏡花の死後の著作権問題まで心配した。妻のすゞは一人娘で、実家の戸主になっていた。

「奥さんの籍が、まだ入っていません。このままだと財産が、奥さんのものになりません」

驚いた鏡花の頼みで、すゞの籍を泉家に入れることになった。

裁判所の承認を得るためには、一度どうしても裁判所へ出頭しなければならない。

そういう目的で裁判所へ出頭することは、我々の常識からすれば、正当なことで、

やましくも恥辱でもなんでもなかった。ところが、泉さんには、これが正当なことは考えられなかった。水上さんが、その話をした時、泉さんは顔の色を変えて出頭することを肯《がえ》んじなかった。

「その言い分が振るっているんだ」

水上さんはあきれた顔をして私に言われた。

「罪人のくぐる門をくぐるのはね」

そういうのが泉さんの答えだったそうだ。

いかにも潔癖な人らしい。

代表作のひとつ、新派の『滝の白糸』でおなじみの——といっても、今はどうか分からないが——『義血俠血』の山場は《公判は予定の日に於て金沢地方裁判所に開かれたり》と始まる。まさに劇的な、裁判所の場面だ。しかし鏡花は、《罪人のくぐる門をくぐ》って取材はしなかったのだろう。

入籍の件は、《大骨折ってやっと納得させて事は無事に落着した》という。

川端康成の突進

小島政二郎の随筆集『食いしん坊　交遊録』には、こんな話もある。

舞台は軽井沢。小島は貸別荘にいて、川端康成が、町の藤屋という旅館に泊まっていた。

ある晩、もう真っ暗になってから、川端が鈴木君という男と、連れ立ってやって来た。

「どうしたの？」

川端の《浴衣の裾がメチャメチャに裂けてい》たのだ。

川端は笑っていた。連れがいうには、

「小島君が来ているそうだ。行ってみようか」

ということになって宿を出たが、私の家の番号――番地ではない、軽井沢では別荘番号というのがあって、それが番地のように通用している――を知っているわけではなく、ただこの方角だという大《おお》見当だけ知って夜道を歩き出した。

「川端ッて実に不思議ですよ。犬のような嗅覚を持っているんですね。（中略）別に空の星を目当てにするわけでもなく、ただあなたの家は、こっち方面だとネライをつけると、人の家の庭だろうと、生垣だろうと、土手だろうと、かまわず真一文字に突き進むんですから――」

翌朝鈴木君の洋服のズボンを見ると、なるほど、いろんな草の葉や実が一杯こびりついていた。

梶井基次郎の代表作のひとつに「闇の絵巻」がある。『檸檬』に収められている。こう始まる。

最近東京を騒がした有名な強盗が捕まつて語つたところによると、彼は何も見えない闇の中でも、一本の棒さへあれば何里でも走ることが出来るといふ。その棒を身体《からだ》の前へ突き出し突き出しして、畑でもなんでも盲滅法に走るのださうである。

私はこの記事を新聞で読んだとき、そぞろに爽快な戦慄を禁じることが出来なかった。

現代人の失ったものに、闇と、それへの恐れがある。月のない晩でも、光は我々の周りに溢れている。

梶井はいう。――闇の中で《一歩を敢然と踏み出すためには、われわれは悪魔を呼ばなければならないだらう。裸足で薊を踏んづける！　その絶望への情熱がなくてはならないのである》。この感覚あってこその、《爽快な戦慄》なのだ。

軽井沢のこの夜は、星が出ていたようだ。しかし、直進する川端の頭には、親しかった梶井の「闇の絵巻」が、ふと、浮かんだのではないか。

こういう川端だから、美術品も《ネライをつけ》れば一直線に手に入れ、あやまたなかったのだろう。

rolling stoneが聞きたい

木村毅《き》は、雑学博士と自称している。

松本清張は「葉脈探求の人」で、こう語る。「日米文学交流史の研究」《によって氏が新制早大文学博士第一号を得たのは、自己を飾るためではなく、投書家時代から「作州にはこれという人物が出ていない」のに寂寥の思いをしている郷党人のためであったろうと、氏から聞いたことはないが、私は推測している》。その驚異的な博覧強記ぶりには、当たり前の博士号など、むしろ似合わない。

清張少年は、働きながら、わずかな時間を見つけては木村の『小説研究十六講』を読みふけった。《小説作法の技術的展開》について学び、得るところ大であった。遠いところから、木村毅は、松本清張誕生に力を貸していたのである。

その木村が『私の文學回顧録』（青蛙房）中で、人生の最後に耳にしたいのは、ロ

ーリングストーンだといっている。

——ロックグループとは新しい。

と思うと間違いである。

明治期、日本の文章表現に大きな影響を与えたのが二葉亭四迷だ。彼の書くロシア語にはロシア人の教師も全く直すところがなかった——という人物である。若き木村はその『浮草』を買った。ツルゲーネフ作『ルージン』の翻訳である。定評あるコンスタンス・ガーネットの英訳も求め、突き合わせて読んだ。ちなみにコンスタンスの子が『狐になった夫人』の著者、デイヴィッド・ガーネットである。

さて、読んで行くと《僕はどうも浮草のうまれつきだね。一所にいつまでも落着いてゐられないのだ》というところがある。英訳では《a rolling stone》となっている。二葉亭はこれを《浮草》とし、題名とした。木村は《その訳の絶妙なのに三歎した》。そうなると我々としては、元のロシア語がどうなっているのか知りたくなる。残念ながら、それは分からない。

さらにまた、結婚したら《She will take the lead……》が《「ナターリヤが采配をふるね」》となっている。采配は、おおげさなようだが、東京では掃除のハタキも《「采配」という。ことに花柳界など、これが日常語だったらしい。それを思い合わせると、一語うごかすべからざる好訳であり、適訳である》。

上田敏の最後によんだ本は、フローベルの『聖アントニイの誘惑』で、半開きにして死の床の枕元においていたと、当時の新聞にのっていた。

大山元帥は、英雄の死は音楽で送られなくてはいかんと言って、「雪の進軍」のレコードをかけさせて、それに聞き入りながら永眠した。（中略）

私はきっと、十五の時よんだ二葉亭の「浮草」のその rolling stone の一節をよんで貰って、ききながら死んでゆくと思う。

海の響《ひびき》をなつかしむ

『月下の一群』は、名訳で知られる詩集のひとつ。堀口大學が文語体、口語体、硬軟新古の格調により、原作を日本語に移そうとした一冊だ。

ジャン・コクトーの作に限っても、

　シャボン玉
シャボン玉の中へは
庭は這《は》入《いれ》ません
まはりをくるくる廻つてゐます

がある。そして——「耳」。昔は学校の廊下の黒板に、こういう詩が、美しい字で

書かれていたものだ。
さて、野崎歓《かん》が、対談集『英語のたくらみ、フランス語のたわむれ』斎藤兆史《よしふみ》・野崎歓（東京大学出版会）の中で、こんなことを語っている。
堀口大學の場合、その詩と翻訳詩の言葉の質感がほとんど変わらない。そこで、《翻訳の言葉は不自然に決まっている》という学生の偏見を壊すため、いくつかを抜き出し、翻訳と思うかどうか挙手させる。

コクトーの「私の耳は貝のから／海の響きをなつかしむ」という、あの二行を最後に置いておくんですよ。有名だからこれはばれるかなと思って。でも、『月下の一群』はもはや有名ではないですからだれも知らない。まあ教室の七、八割は、これは翻訳じゃないと確信をもって手を挙げてくれますね（笑）。

野崎は、これを中学生の時に読んでコクトーが大好きになったという。大学に入ってすぐ、原文を調べてみた。

これは前半はほぼ逐語訳なわけ。Mon oreille est un coquillage です。後半が qui

aime le bruit de la mer というんです。僕などが訳したら「海の響きが好きなのよ」となってしまう。動詞は aimer ですから、単に「好きだ」と言っているわけですね。大學訳の「なつかしむ」というほうがはるかにいい。海との間に距離が想定されているんですね。時間的な距離もあるし、空間的な距離もある。そこで非常にエモーショナルなものが満ちてくる感じがするわけです。

野崎は、《調べてみてコクトーの元版にいささか失望してしまった》。これこそ、《翻訳がいかにやわらかな、なめらかな日本語を生み出せるかという好例》であり、《むしろ散文の場合はどうしても格闘の跡があらわに残りやすいのかもしれない》という。そこで最後に、堀口訳をもう一度。

耳

私の耳は貝のから
海の響をなつかしむ

お疲れさま

翻訳の話が続いた。横のものを縦にするのは面倒だ——という。横文字を日本語にすることだ。中には、こんな苦労もある。

小沼丹は、林語堂の『則天武后』を訳した。則天武后は中国唐代、皇后から帝位に上り恐怖政治を行った。そんな人について語られているのだから波瀾万丈、実に面白い。だが、訳すのは大変だった。原本は英語で書かれている。イギリスやアメリカが舞台ならいい。中国が舞台の本を日本語にするには、大きな問題がある。

その時のことを小沼は、随筆集『珈琲挽き』に収められた一文「楽屋裏」に書いている。なるほどこれは大変だ——と思ってしまう。

英語の本でミス・ジエンキンズと書いてあれば《ジエンキンズさん、で済む》。しかし、『則天武后』の場合、レディ・ウウを《ウウさん、ウウ夫人で片附けて澄して

ゐては不可ない》。これが《武后》なのである。同様に《ゴウツン》と書かれているのが皇帝《高宗》なのだ。

小沼はいう。《例へば日本のイトウ・ヒロブミなる名前を伊東弘文とすると、明治の元勲が泣くかもしれない》。小田《おだ》延永《のぶなが》や竹田《たけだ》森厳《しんげん》では、読み手が首をかしげる。物の名前となれば、人名だけではない。漢字のある日本語に移すとなれば、そのひとつひとつに気を配らなければならない。

これはたいへん手間の掛る面倒臭い仕事であつたが、やつてゐる裡にこつを覚えて次第に楽になつた。同時に謎解きの興味もあつて案外面白かつた。

その一例。ある建物について《「そこを流れる水は遠く周の王朝のCollege（biyung）に因む文化繁栄の象徴と云ふ訳であつた」》と書かれている。Collegeだから大学、大学即ちbiyungといっているのは分かる。だが、biyungという名詞をどういう漢字にしたらいいのか。

biに相当する文字に「辟」と云ふ奴があつて、これが何となく怪しいと思ふが、手掛が皆無だから話にならない。或るとき、（中略）漢和辞典を用ゐた。頁を繰つてゐたら偶然「辟」の項が出たから、物は試しと見て行つて、大袈裟に云ふと心臓が、ごとん、と鳴つた。「辟雍」なる言葉があつて、「天子の都城に設けた周代の大学」「四囲に水を還らしてあり」云云とある。即ちbiyungであつて、雍はyungに当嵌まる。このときはたいへん嬉しかつた。

そうだろう、そうだろう——とこちらも頷いてしまう。いい話だ。『解体新書』翻訳の苦労話でも読むようだ。

訳し終えた小沼はといえば、《ぐつたりして、こんな翻訳は二度とやりたくない》と思ったそうだ。

泣く少女

五十年ほど前だろうか。テレビに出て来た遠藤周作を見た。アナウンサーが、

――お名前はペンネームですか。

と聞くと、眉も動かさず、

――ええ。本名も《シュウサク》ですが、《臭い作》と書きます。

アナウンサーは、どうしたらいいか、扱いに困っていた。わたしは、

――いくら何でも……。

と思いつつ、あまりにも真面目な顔で繰り返す遠藤を見ていた。

山本安見子《やすみこ》の『K氏のベレー帽　父・山本健吉をめぐって』（河出書房新社）には、遠藤周作の別の顔が描かれている。

家が近かった遠藤は、よく山本家を訪ねて来た。安見子の本名は安見。遠藤を《お

兄ちゃん》、そして《周作》、またある時は、《エンドウマメ》と呼んだ。一方、遠藤は、『私の履歴書――第三の新人』（日経ビジネス人文庫）の中で安見を《令嬢》と書いている。

《父は周作さんが可愛いらしく、逢うと何かしらガミガミと小言を言って、周作さんを閉口させていたが、人が周作さんの事を何か言うと大変》だった。

「ノーベル賞をとったら、僕を父親としてストックホルムへ連れて行くのだぞ。きっとだぞー」

そう、いっていたという。

遠藤は赤ん坊が生まれた時、乳母車を押して見せに来た。喜色満面の顔が目に浮かぶ。ところが山本家の愛犬太郎が、猛烈に吠えかかり、無念、遠藤は早々に帰る羽目になった。

周作さんは余程腹が立ったらしく、次に父に逢った時に、

「山本さんは、雑種のあのバカ犬に家庭教師をつけとるんだってー」

と笑った。

太郎は、雑種だというので前の飼主に見放された犬だった。あまり吠えるので、山本は犬の訓練学校の訪問訓練を受けさせていた。

周作さんが龍之介君を愛しているのと同様、私も太郎をとても可愛がっていたので、今度は私が怒った。

「周作、ひどいじゃないか。あんまりだ。雑種、雑種と言うな。雑種だろうが、血統書付だろうが、神様の前では同じ犬だろうが。クリスチャン作家って言われてるんじゃないかー」

半分泣きながら玄関でかみついたら、意外に周作さんは反論せず、

「わかった、わかった、安見ちゃん泣くな、ゴメン、ゴメン」

と言って、抱き寄せて頭をさすった。

哀しむ少女を見つめる目は、狐狸庵先生のものではなく、遠藤周作のものである。

ついに見つけた馬鹿大将

地下鉄から上がる階段で、降りて来た女の人達とすれ違った。その中の一人がいっていた。

「ドンキの方から歩いて来たの」

さて話はかわるが、何年か前、作曲家中山晋平が手紙の最後に《戸塚晋バカ大将》と署名していたことを、この欄に書いた。我々の世代なら、一瞬、《ああ、『三バカ大将』のもじりか》と思う。アメリカのコメディ番組だ。しかし、それがテレビ放映されたのは戦後である。中山の手紙は戦前のものだ。時代が合わない。

はてな――と思いながらも忘れた頃に、『伊丹万作エッセイ集』（筑摩叢書）を読んだ。すると伊丹が書いていた。故郷松山で子供の頃観た活動写真に『新馬鹿大将』と『薄馬鹿大将』というのがあった――と。運動会の楽隊が、何と《新馬鹿マーチ》と

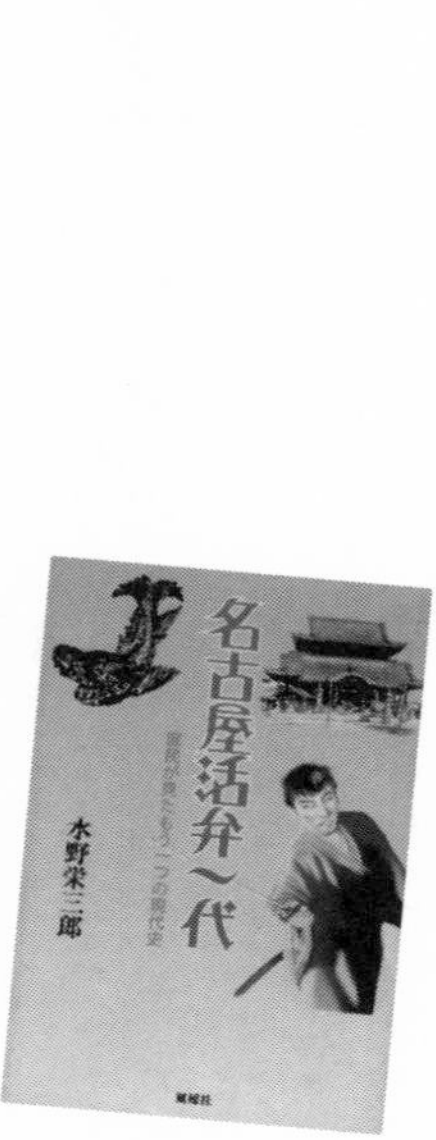

いう曲を演奏していたらしいから、流行ったものなのだ。

謎は解けた。中山晋平は、この『新馬鹿大将』をもじって、《晋バカ大将》と署名したのだ。そして戦後、アメリカのどたばた喜劇が輸入された時、古い映画を下敷きにして《三バカ大将》という題が付けられたのだ。

しかし、消化不良の部分も残った。かつて、加山雄三主演の若大将シリーズというのがあった。何本も撮られている。同じことだ。『新馬鹿大将』というなら、その前提として、『馬鹿大将』という映画があったのではないか。

長生きはするもので、『名古屋活弁一代　庶民が見たもう一つの現代史』水野栄三郎（風媒社）という本を読んでいたら、その答えが出た。《馬鹿大将》とは、実はまことに有名な人物であった。文字通り、あっといってしまった。《活動写真の初期、イタリア映画で「ドン・キホーテ」（三巻）が入ってきたことがありました。その翻訳名は「馬鹿大将」でした》という。

風車や羊の群れに向かって突進するドン・キホーテは、なるほど普通ではない。それにしても『馬鹿大将』とは、よく付けたものだ。半世紀ほど前、『日本におけるバルザック書誌』原政夫（駿河台出版社）を読んでいて、傑作『従妹ベット』に『放蕩親爺』という別訳があるのを知り、吹き出しながらも、《一理ある》と感心したことを思い出す。水野は続けて記す。

第一次大戦後、アメリカの喜劇映画が増えまして、その中の一つを「新馬鹿大将」(二巻)ということにしました。これは「馬鹿大将」にちなんだ訳名で、当時この言葉が流行したこともありました。

『ドン・キホーテ』の訳題が『馬鹿大将』と決まっていたら、地下鉄の階段を降りて来た女性は、こう口にするようになっていたのだろうか。

「バカダの方から歩いて来たの」

いい湯だな

ＷＯＷＯＷで、『おしゃべりアラモード』というトーク番組をやっている。森山良子と清水ミチコがゲストを迎え、あれこれ話す。

浅田美代子が来た回だった。潔癖——について話題となり、温泉では人の入った湯に入るではないか——と話が進んだ。そこで、浅田が、手を上から下に動かしながら、

「（そう）だし、たれ流しにしてるじゃない、温泉て」

聞いた清水が、目を大きく見開き、

「たれ流し？　……かけ流しじゃない？」

思い出してもおかしいが、それを聞いた後、『旅する温泉漫画　かけ湯くん』松本英子（河出書房新社）を読んだ。

主人公は、猫の姿で表現されている。まず、《はじめまして》と体に、桶で汲んだ

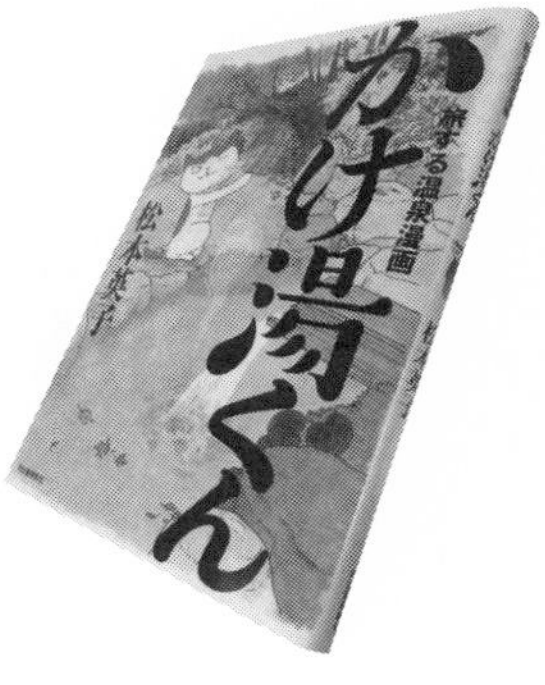

湯をかける。浸かって、ふほー。《温泉の旅がなにより大好きです　よろしくお願いいたします　自己紹介かねて旅好きエピソードをひとつ》と、山形の銀山温泉での体験から始まる。

『旅の手帖』（交通新聞社）に連載中の作。一ページが一回分。《かけ流し》という言葉は、早くも四回目で出て来る。作並温泉で《わー　源泉かけ流しだ》。どんな湯かとかけた瞬間、《体が大喜びしだしたのだ。全く初めての体験だった》。

それまで、白濁した硫黄臭のする泉質が好きだったのに《趣味どうこうでない、どうしようもない相性というものがあるのだと知った。もしくは　それはお湯の実力》《湯あたりを心配して　そろそろ　引きあげようとしても》《体がお湯からはなれたくない》。

さらに続く。読んでいただくしかない。

とにかく一ページの、心地よく誠実な、文と絵の与えてくれる情報量が凄い。場所や出来事、生活について、コミックエッセイの形で語った本は数多い。その中でもこれは、特に忘れ難い一冊となった。

何より作者の、感じやすい心が伝わって来て、大いに共感する。「恨みのシャンプー」の回などの、第三者から見ればたいしたことのない、しかし当人には切実な迷いや苦しみ。それが、書き描くことで、少しずつ、湯につかるように緩和されてほしい、と願ってしまう。
伊東温泉では北原白秋ファンだといい、歌碑を見ている。そこから木下杢太郎記念館に行き、「梟」の、次の詩句に《しばし 連れていかれてしまった》。杢太郎は、梟の鳴き声をこう書いた。

ぽおす、こおす。
山は紫。
ぽおす、こおす。
梢の小枝。

今度はこの人が、自分の好きな詩の言葉を、繊細な心に柔らかな湯として、かけ、浸って書いた本が読みたいものだ。

やめられないとまらない

『宿六・色川武大』色川孝子（文春文庫）に、こんな一節がある。夜十時頃、電話があり、池袋の飲み屋にいるが具合が悪くなった、来てくれ——という。

「すぐ、迎えに行くわ。電話番号とだいたいの場所を教えて」

色川との会話中に、玄関の鍵をこじあける音。とにかく電話を切り、階下へと足を運んで、

「どなた」

「オレだよ」

鍵を持っているのは、私と彼しかいないのです。

「だって、今、電話してきたじゃない」

「電話なんかしないよ」

「え、じゃあ今まで実家へ行っていたの」

「そうだよ」

狐にでもつままれたかのような出来事でした。色川といっしょだと、不思議なことに遭遇しても、そのつど驚いてはいられないのですが、この電話の主については、いまだに「?」なのです。


寺山修司が亡くなってしばらくして、本人からファックスが来た——という話があった。寺山なら、

——そんなことを、するかも知れない。

と、ふと思えてしまう。

色川の場合も玄関で鍵をいじりつつ、池袋の飲み屋から電話をかけて来そうな気がする。いや、もしかしたら、かけて来たのは阿佐田哲也だったのかも知れない。

ところでわたしには、サイン本を集める趣味はない。しかしながら、求めずとも遭遇することはある。神保町の古書店で、双葉新書版『麻雀放浪記㈠青春編』を見つけた。これは懐かしい。

大学に入り、麻雀を覚えたばかりの頃、先輩から貸してもらった。無論、どういう時点で読んでも傑作ではある。だが、空腹で食べるのと満腹時との違いはある。

——世の中に、こんなに面白い小説があるのか！

と思った。

背表紙が懐かしくて、抜いてみた。表紙を見ると、そこから若き日が蘇るようだ。『㈡風雲編』、『㈢激闘編』、『㈣番外編』と、禁断症状に苦しむように、やめられないとまらない状態が続いたことを思い出す。奥付を見ると、同じ作りに見えるが昭和51年6月20日新装初版となっている。

何の気なしに、前を開くと、そこにサインが入っていた。特徴ある阿佐田の字である。新装版刊行の際に作られたサイン本だった。

麻薬と知りつつ帰りの電車から読み始める。続きは角川文庫版に進み、シリーズ最後の言葉、《(哲よゥ——！)》まで一気。

ちなみに、サインの言葉がいい。

明日泣く　阿佐田哲也

これは事件だ

神保町の古書店街を歩いていると、色々なものを見つける。昨年、『落語サークル誌　写落』というのを何冊か買った。

わたしも半世紀ほど落語のレコード、CDの収集を続けて来た。だが、このサークルの方々の熱意と探求心には、恐ろしさすら感じる。

全く無作為にその一冊を開いてみる。第六十五号。そこでは、こういう鑑定がなされている。――ある社から出ている三遊亭圓生の『品川心中』は、何年何月何日の東京落語会で古今亭志ん生の『火焔太鼓』の直後に演じられたもの。どの落語会で、何がどんな順序で語られたかは、いうまでもなく分かっている。ひとつの落語が、別の日に語られることもあるわけだが、これは特定出来る。聴けば分かる。決め手は出囃子。『品川心中』と『火焔太鼓』の、三味線の弾き手が同じだ。

凄いでしょう？　これを書いているのが草柳俊一氏。

さて、お年玉のように、小学館から隔週刊ＣＤつきマガジン『落語　昭和の名人極めつき』の刊行が始まった。このシリーズは、これまでに『昭和の名人　決定版』『昭和の名人　完結編』を出し、めでたくヒットしている。

音楽に譬えるなら、買う方には、まず、ある曲のＣＤを探す段階がある。次に、演奏によって曲の表情が変わることに気づく。自分が求める演奏家は誰か、となり、さらには、同じ人の名演を求めることになる。

落語の場合は、さらに難しい問題がある。残された録音の多くは、放送用のものなのだ。多くの場合、放送時間や様々な関係から、テープがカットされている。

エアチェックして愛聴していた録音のＣＤ版を聴き、驚いたことがある。同じ音なのに、知らないくだりが出て来たのだ。まことに、その落語家らしい嬉しい箇所だった。

——生きててよかった。

と、思った。

桂三木助の『芝浜』などではテープが切られ、枕が不完全なバージョンが多数派だった。知っていると、実に味気無い。

その点、小学館のシリーズは、前述の草柳俊一氏がかかわっているので心強い。第一回は『古今亭志ん生』。仮に大河ドラマの話題性がなかったとしても当然のトップバッターだろう。『火焔太鼓』『猫の皿』『志ん生、芸を語る』が入っている。

──『火焔太鼓』や『猫の皿』なら、もう持っている。しかし、芸談が入っているなら買うか。

と、思う人もいるだろう。わたしもそうだった。しかし「音源メモ」を見て仰天した。『火焔太鼓』は従来、その代表的録音とされて来たものの一つ、昭和三十六年のものだが──《従来より5分長い》。

初公開のバージョンだという。胸を張った草柳氏が見えるようだ。

言葉の嬉しさ

永江朗の『広辞苑の中の掘り出し日本語』（バジリコ）を読んだ。

冒頭に《30ページ読んでダメな小説は、最後まで読んでもダメです》とある。この《ダメ》の判断が、かなりの読み手にならないとくだせない。わたしが若い頃、耽読した作家の一人がバルザックだが、傑作『従妹ベット』にしたところで、出だしからかなりの部分、耐え忍ばないと、あの驚くべき世界に入れない。お前に面白がる力がないからだ——といわれればその通り。しかし、少なくとも古典に関しては、まず忍耐という切符を手に本を開いた方が、いいこともある。

さてこの本では、例えば《貝を作る》という言葉があげられている。どういう意味だと思いますか。

なるほどなるほど——と読んで行くと、しばらく後に《ほたえ死に》とは《遊び暮

らして死ぬこと。酔生夢死すること》だとある。《ほたえる》は《①ふざける。おどける。②甘える。つけあがる。》『大辞林』もほぼ同様。近世上方語らしい。

実はこの《ほたえる》が、わたしにとって印象深い言葉なのだ。上方落語に初めて接したのは、半世紀ほど前。ラジオの『米朝五夜』だった。こんな豊かな世界があるのかと仰天した。その頃、桂春團治で『親子茶屋』を聴いた。

道楽者の若旦那、父親に意見されて家を出る。茶屋に来ると、狐つりという遊びをやっている様子。扇を顔に縛りつけ狐になっての鬼ごっこだ。ああいう客と一緒に遊びたい――というと店の人が、こんな場所で挨拶するのも芸がない。二階の客を親狐に見立て、下から子狐になって上がって行くのが粋だという。

散々、ほたえた後で目隠しを取ってご対面ということで……

派手な三味線にのって《やっつく、やっつく、やっつくな》と踊り狂い、最後に扇の面を取ると本当の親子だった。

ここの《散々、ほたえた後で》というのが、ぞくぞくするほど嬉しかった。辞書を引く必要などない。伝わって来る。まさに動かせない一語である。友達に話す時などには、つい《ほたえにほたえて、ほたえ抜いた後で》などと増幅させてしまった。

ほかの落語にも、出て来るかも知れない。だが、わたしにとって《ほたえる》といえば『親子茶屋』だ。上方で日常語として通じるのかどうかは分からない。しかし、関東の人間にも、打てば響く。無論、米朝も、枝雀も、文珍も使っている。そして今、《ほたえ死に》を教えていただき、また嬉しい。

最後になったが、《貝を作る》は《(泣くときの口つきがハマグリのように「へ」の字に似るから)泣きだしそうな顔をする。べそをかく》こと。《かわいらしいいい方だ》と永江氏。同感。

カバーは世に連れ

『本の雑誌』を手に取る人の多くは、高野文子さんの愛読者ではないだろうか。そこで、質問。

『るきさん』の中に、るきさんとえっちゃんがユカタで電車に乗る回がある。るきさんは車中でマンガを読み、大笑い。えっちゃんに、

「静かに　お読み」

と、いわれる。

その読んでいるマンガには、書店のブックカバーがかかっている。レンコンの絵が描かれているのだが、さて、これはどこの書店のカバーか？

単行本の出た頃だった。東京創元社の戸川安宣氏がいっていた。

「あれは、飯田橋の文鳥堂のカバーです」

ついこの間と思うのだが、前世紀の話である。同じ場所に行っても、今、文鳥堂はない。

こういうことを思い出したのも、『日本のブックカバー』書皮友好協会監修（グラフィック社）という本を見たからだ。中に文鳥堂のそれもある。

野菜を画材とすることの多かった、武者小路実篤の絵である。中央にレンコンが横たわっている。《よく味はふ者の血とならん》という言葉が添えられている。わたしも、持っていたカバーだ。

蛇足ながら、るきさんが手にしているのは高野さんの世界のそれである。現実のカバー、そのものではない。《実篤》というサインが《さねあつ》。言葉も《よく　かんで　たべよう》となっている。

ではあるが、高野さんも文鳥堂の本を持っていたのだ……と思え、懐かしい気持ちになる。

わたしは、ある時期から、

――書棚に並べる時には、はずしてしまうのだから、貰うのも申し訳ない。

という気になり、カバーをかけてもらわなくなった。『日本のブックカバー』を開くと、幅広い時と所から集められたそれが、カラーで見られる。

次から次へと出て来るのは、東京堂書店、書泉、三省堂書店などのそれを始めとして、かつてこの手に触れたカバー達だ。旧友と再会するようである。

そこで父の昔の本にかかっていた、銀座近藤書店のカバーを思った。本を整理した時、はずしてファイルに入れた。

——あれは珍品だろう。

と思いつつ、ページをめくったら、驚いたことに、まさにそれが、目の前に出て来た。

こういうコメントが付せられていた。

スタンドの灯りの下で読書する婦人のシルエットが描かれた、ノスタルジックな雰囲気が漂う包装紙。戦時中に使用されたと推定される。「捨テル前ニモウ一役！国策包装紙」などのスローガンに時代性を感じる。

人斬りジョーと雲

昨年、テレビで高倉健の『網走番外地』シリーズを放映した。その道に詳しい友人に、どれがお薦めか聞くと、杉浦直樹が殺し屋をやる『望郷篇』といわれた。

その登場シーンでは、黒いコートを着て後ろ向きの、肩から上だけが見える。立ち上がりこちらを向くと、コートの下は白い背広。胸を病んでいて、咳をしては襟で口を押さえる。

まるで平手造酒《みき》だ。――といっても今の人には分からないかも知れない。いかにも――といったやり取りの後、葉巻をくわえて去ろうとする。そこで、名を聞かれ、

「平山（ネット情報だと《白石》だが、どうしても《平山》と聞こえる）譲次。渡世の仲間は、人斬りジョーって呼んでるよ」

喜んでしまった。今の感覚では、あまりにも作り物だろうが、昔は、こうだったのだ。

その後、『仲代達矢が語る 日本映画黄金時代　完全版』春日太一（文春文庫）を読んだ。

かねて仲代に注目していた小林正樹監督は、映画『黒い河』の重要な役を、仲代に演らせたかった。だが当時の仲代は、俳優座に入ったばかり。ある芝居の通行人役になっていたので断ろうと思った。

小林は、事情を俳優座のベテラン東野英治郎（黄門様ですよ）に話した。すると東野は、新人にこの機会を逃させてはいけないと、何と自分が通行人の代役に立った。それが出世作『人間の條件』に繋がるのだから、いい話だ。

ところで、この『黒い河』の重要な役が《戦後の荒廃から現れた新興やくざという残虐な悪役》で名前が《人斬りジョー》！

わたしは、映画好きの友人に話した。

「杉浦直樹の役に、先行する仲代達矢の像が影響を与えてはいないか？」

一笑にふされた。

「いかにもありそうなネーミングだよ。殺し屋でいえば、山田太郎か鈴木一郎みたいなもんだ。影響なんか、ないない」

冷静になってみれば、その通り。まず無関係だろう。枝葉の話になったが、この本には仲代達矢という巨人の歩みと共に、印象的な挿話が次々に登場する。

『人間の條件』撮影時のこと。満州の原野のシーン。晴れているので撮影と思ったら、中止。監督の小林もカメラの宮島義勇も、実際の満州を知っている。空を見て、

「あれは満州の雲じゃない」

一週間待ちました。そしたら、出たんですよ。もっこりした、日本にはやっぱり珍しいなあっていう雲が。それが出た時にようやく撮影開始になりました。

わたしが高校生の頃、『人間の條件』六部作一挙上映というのをやった。仲間達と一緒に銀座まで出掛けて、観た。スクリーンには、その雲が映っていたのだ。

藤崎誠氏

一九七四年七月十六日、『刑事コロンボ』のノヴェライズ『二枚のドガの絵』（二見書房）の解説に、石上三登志はこう書いた。六月六日朝日新聞『フジ三太郎』でコロンボがネタとなり、十四日号『週刊朝日』の表紙は山藤章二描くコロンボ即ちピーター・フォークの似顔絵だった。《熱しやすくさめやすいわが国》で、この勢いが一過性のものとならぬよう、《僕はただオロオロしていのるばかりなのである》。

杞憂だった。それから、四十五年。ＮＨＫでシリーズの人気投票をやり、上位二十作の放映を行った。『週刊現代』の改元直前合併号には「『刑事コロンボ』を語ろう」という鼎談が載った。

さて、前記の解説によれば、《第一作『殺人処方箋』は、一九七二年の八月二十七日にＮＨＫのＵ局で初放映された》という。わたしは、これを観ている。阪神タイガ

ースの試合を、ＵＨＦ神奈川で放映することがあると知り、そのためにアンテナを立てていた。石上氏は《友人のミステリ研究家瀬戸川猛資氏》からの情報により、急いで《アンテナをぶったててもら》ったそうだから、その点では、うちの方が早い。

さて、『二枚のドガの絵』は、訳者藤崎誠氏から直接いただいた。氏は、わたしの名を書き「謹呈」と記し、「藤崎誠」というサインもしてくれた。ノヴェライズは読まないわたしだが、これは有り難く、面白く読んだ。

『二枚のドガの絵』はシリーズ中でも、印象的なラストシーンを持つ一本だ。最後の一撃が見事なのだ。

本の結びの部分は、こうなっている。

キングストンはいまや駄々っ子のように泣きじゃくっていた。が、そのとき、彼の頭に閃いたことがあった。

（中略）

キングストンはがっくりと首をうなだれた。ふたたび深い暗黒が眼の前にせまってくるのを感じた。その彼に向かって、コロンボがとどめをさすようにいった。

「忘れちゃ困るよ、キングストンさん。私はプロなんだ」

その後、藤崎氏に会った時、感想を聞かれた。わたしは、最後のコロンボのポーズをし、《忘れちゃ困るよ、キングストンさん。私はプロなんだ》といった。

藤崎氏はにんまりし、

「お前ねー、あの台詞は、テレビにはないんだよー」

コロンボは無言だったのだ。藤崎氏にとって、わたしの反応は会心のものだったろう。

この藤崎誠とは、実は『夜明けの睡魔』などの切れ味鋭い評論で知られる、わたしの先輩、瀬戸川猛資氏にほかならない。

今にして思えばあの結びの語は、コロンボの台詞である以上に、まさに瀬戸川さんらしいものだった。

まぼろしの女

事件の鍵を握る謎の女性を探し求める、あるいは、過去の一点ですれ違った忘れ得ぬ女のその後の人生をたどる——といったミステリがある。朧な道を行き、蜃気楼にたどりつこうとする探索が魅力的だ。対象が男だったら、この味わいは生まれないだろう。

吉田篤弘さんが『チョコレート・ガール探偵譚』（平凡社）で追い求めるのは誰か。本を開くと、戦前の雑誌から切り取ったような顔立ちの整った女性の写真が、こちらを見つめていて、どきりとする。

——見つめている？

いや、その視線は、ほんのわずか下に落ちているようでもあり、不思議な浮遊感がある。《Sumiko Mizukubo》と、名前が書かれている。

――みずくぼ　すみこ？

これが《チョコレート・ガール》なのか。しかし、吉田さんといえば、ないものを見せてくれる、クラフト・エヴィング商會としてのお仕事がある。ひょっとしたら、これも、昔の写真めかして、実は作られたものかも知れない――と疑心暗鬼になる。謎、また謎であり、本を開かないわけにはいかなくなる。

で、――とてもとても面白くて、この本について語りたくて、たまらなくなった。《とてもとても》に、それを感じてほしい。しかし、である。初めの方に、吉田さんの古い友人S氏が登場する。S氏は、これという映画を見つけると、公開前に《予告編も見ない。あらゆる宣伝を見聞きしないよう細心の注意を払い、万が一、誰かが「そういえば、あの映画は」と話し始めたときは、即座に耳をふさいで、「ああ」と大きな声を出す》という。

この本の与えてくれる、わくわく、どきどき、も、何も知らずに座席に着き、画面の映写が始まるのを待つことによって、純粋なものになる。さあ、困った。そこで、帯の言葉。これは、読む前の人の目にも入る。その一部。

あるいは、ただ一本の映画を

探しているのではなく、
「チョコレート・ガール」という
ニックネームを授かった、
ひとりの少女の面影を
追っているのかもしれない。

これなら、引いても許されるだろう。出来るものなら、「あとがき」も先に読まない方がいい。

一点だけ。昭和七年の《プロの少女の氣持がくつきりと現はれてゐる》という文章について考察がなされるが、戦前なら《ブル》の対義語が《プロ》。つまり、プロレタリアの少女、という意味だろう。そういう幾重もの時の波を越え、戦後の青年は追う。《チョコレート・ガール》の後ろ影を。

これは、その不思議な旅の記録だ。

晩夏のバット

『大辞林』で《晩夏》を引くと、《①夏の終わりごろ》そして《②陰暦六月の異名》とある。陰暦なら四、五、六月が夏だから、季節の終わりになる。新暦とはひと月以上ずれる。つまり②の《晩夏》は、現在の七月から八月になってしまう。

坪内稔典《としのり》の『季語集』（岩波新書）中、「晩夏光」の項には、こう書かれている。

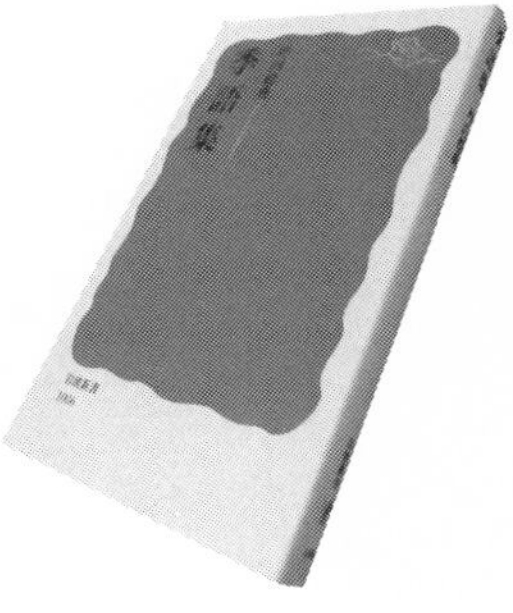

立秋が近づいたころが晩夏である。この時期、実際は暑さがもっともきびしいが、それでも光にはすでに夏の衰えが感じられる。そんな光が晩夏光だ。

カバーの紹介文に《ネンテンさんの読む歳時記》と書かれている通り、続けて中村草田男の句が紹介される。

晩夏光バットの函《はこ》に詩を誌《しる》す

さて、現代人はこの句をどう解釈するか。おそらく作者の意図通りには、読まないだろう。

文は、こう続く。

バットは日本製のタバコの名前である。紙箱にコウモリの絵がある。その紙箱に詩を書き付けるというのだが、この詩は俳句のことだろう。以前は俳句に限らず、人々はタバコの紙箱にいろんなことをメモした。そういえば八月五日は草田男忌だ。草田男は晩夏光よりも真夏のさかんな光を愛した俳人だった。

今、多くの人は、夏とバットといわれれば高校球児を連想するのではないか。敗退した選手が、バットケース（函というには無理があるが）に思いを記した——今では、こう考える方が自然だ。何人もの人に聞いたが、皆、そう答えた。それだけ煙草が身近なものではなくなった、ともいえる。

わたしが子供の頃には、買い物に行った店先に煙草が並んでいた。手に取ることはなくとも、《いこい》の四分休符や《光》の日差しのデザインが目に焼き付いた。《ピース》の紺地に浮かんだ鳩は、いうまでもない。大人になってからは、《ハイライト》や《セブンスター》を、よく目にした。

そこで《ゴールデンバット》だが、《一番安い煙草》と聞き、黄緑の地に舞うコウモリの絵を記憶した。とにかく古い煙草らしい。今もあるのだと知り、驚いた。

戦前からある活劇『黄金バット』を知った時には、ごく自然に、ここから来たネーミングかと思った。本当のところは分からない。

ある時期までは、《バットの函》と聞けば人々の思いは煙草に向かい、解釈は揺るがなかったのだろう。

――何の説明もいらない。

そういうことほど、時の流れと共に分からなくなるものだ。

神様のお父さん

『僕らが愛した手塚治虫　推進編』二階堂黎人（南雲堂）によれば、かつて手塚治虫の手塚プロは高田馬場のセブンビルにあった。その二階、駅側の階段を上って最初のところにあったのが《お父さんの部屋》だという。

手塚の父親は手塚粲《ゆたか》。忙しい漫画の神様に代わって、ファンの話し相手になったり、案内役をしてくれた。面倒見がよく、ファンの女の子達の中には《お父さんファンクラブ》まであったらしい。《手塚治虫同様、話のうまい、話題の豊富な、愉快な人だった（顔もよく似ていた）》そうだ。

手塚の父親のことを書いた文章を読む機会は、他にあまりないだろうと思っていたら、意外なことに梅崎春生の『怠惰の美徳』荻原魚雷編（中公文庫）で出会った。梅崎のエッセイ、短編を、手に取りやすい形にまとめてくれた有り難い一冊だ。この中

に昭和三十七年の文章「聴診器」がある。

梅崎の、小学四年になる男の子と仲間達が、学級新聞の編集をしていて、学校の近くに住む手塚家訪問を企画した。


菓子を御馳走になったり、漫画の原画をもらったりして、息子は嬉々としてうちへ戻って来た。

「すごい家だよ。手塚先生の家は。地下室があるんだよ」

息子は眼をかがやかせて報告した。

「庭が広くて、ずっと芝生になっていて、池があるんだ。そして僕たちがいる時、先生のお父さんが庭に出て——」

池の金魚に餌をやったり、のんきに芝生に寝ころんで週刊誌を読んだりしていたのだそうだ。


そこで息子はどう思ったか。うらやましかった、《稼ぎのある息子を持って》早く、金魚に餌をやったり、芝生に寝たりしたい。

「いや。皆そう言ってたよ。あんな具合になりたいって」

　私はいくらか心細くなって来た。

「おれにはよく判らないけどね、早くあんな風に稼ぎのある人物になって、お父さん、つまりおれのことをだな、ラクをさせて上げようという風には、感じなかったのか？」

　息子はしばらく考えていたが、

「なるほどねえ。そんな考え方もあったか」


『怠惰の美徳』という本で読むと、いささか出藍の誉れ――といった感じもする。しかしながら、末は博士か大臣かと、立身出世の夢を抱いた戦前の子供達に比べ、戦後の子は、俺の将来、知れたもの――という醒めた眼を持っているともいえる。

　いずれにしても、今は遠い昔になってしまった昭和三十年代後半、手塚家の広い芝生を歩く手塚粲氏、そして神様のお父さんを包む柔らかな空気、明るい日差しが見えるようだ。

埴谷雄高、絶賛

『難解人間vs躁鬱人間』（中公文庫）を読んだ。難解人間は埴谷雄高、躁鬱人間は北杜夫。その対談集である。

埴谷雄高は、未完の大長編『死霊』を、半世紀にわたって書き続けた。難解さで知られる作だ。その途中までが、集英社の『日本文学全集』に入った時、学生だったわたしは、

――歯が立たない。しかし、買わねばならない。

と思った。昔は、そういう人間が大勢いて、出版界を支えていた。で、買った。未だに読んではいない。

この『死霊』について、北杜夫が滔々と語る。若き日に接し驚嘆、《恐る恐る埴谷氏の家を訪れた》というのだから、筋金入りの愛読者だ。埴谷が真剣に、その言葉を

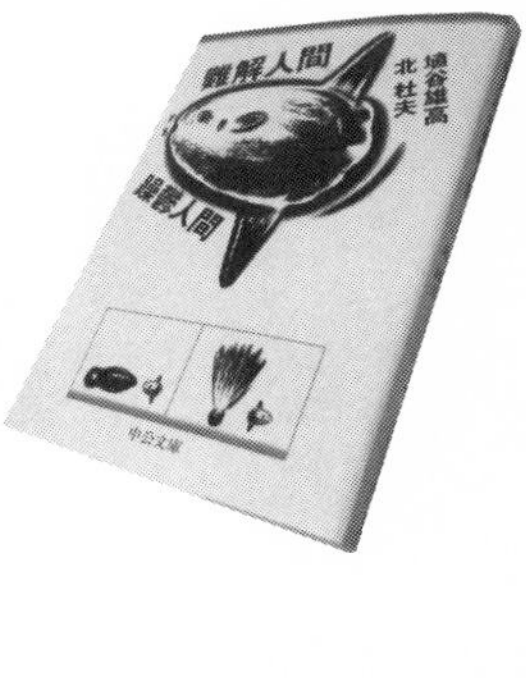

受ける。垣根の外から、何となく『死霊』の形が朧に見える……ような気になる。ところで、その途中で埴谷が、こんなことをいう。

あなた、昔、木々高太郎の、今、題を忘れちゃったけど、患者が医者に惚れる小説、傑作でした。精神病医ってのは大変ですね。

遠い街を歩き、道を曲がったところで、知った人に出会ったようにびっくりした。今、どれくらいの読者が、この《小説》の題名をあげられるだろう。昭和十一年、雑誌『新青年』に発表された「文学少女」である。

埴谷が、リアルタイムで雑誌を手に取ったのか、後に、単行本で読んだのかは分からない。しかし、子供の頃、黒岩涙香から始め、ルブランやコリンズを読み、雑誌では『新趣味』や『新青年』を愛読していたというのだから、初出に目を通していても不思議ではない。

木々高太郎といえば、本名林髞《たかし》。大ベストセラー『頭のよくなる本』や、人生二回結婚説でも知られる。今、作品をまとまって読める本は、東京創元社の『日本探偵小説全集7　木々高太郎集』になる。

『昭和のエンタテインメント50篇 下』文藝春秋編（文春文庫）では、色川武大が、雑誌『探偵クラブ』の編集者として、原稿を取りに行った時のことを書いている。
多忙な木々は、大学に出る前の朝八時までを執筆時間に当てていた。渡された原稿を見ると、文章がセンテンスの途中で切れている。《でございます》が《でございまでしかない。八時になったら、そこまでが本日分なのだ。

木々さんの字は草書体で、仮名も漢字もおしなべてペンの切れ目がない。木々さん番の活字工が居たくらいで、読みにくいだけでなく、切れ目がないから一字だか二字だかも判別がつきかねる。そういう筆蹟で、ボーンと時計が鳴ると、途中できっちり、よく筆をとめられるものだと不思議だった。

和田誠さん

和田誠の仕事は、いつも我々の身近にあった。

『銀座界隈ドキドキの日々』（文春文庫）の中に、二十代のその姿が生き生きと描かれている。

煙草のハイライトのパッケージデザインは和田のものだが、コンペに提出した案は六種類、青地は本命ではなく《黒地に銀の光がぼくとしてはおすすめであった》ことや、デザイン料は会社に入り和田が貰っていないことなどは、この本を読まないと分からない。

数多くの人達が登場する。タッちゃんとは、写真家の立木義浩。

ぼくは突然カラーテレビが買いたくなった。タッちゃんに紹介された電気屋さん

から届いたテレビは、木製家具タイプの巨大なもので、ぼくのアパートの狭い部屋には入らない。そこでタッちゃんの家にあずかってもらうことにした。しかしぼくが見ようと思って買ったテレビであるから、それを見にタッちゃんの家に入りびたることになる。タッちゃんは「テレビをあずかるとは言ったけど、和田誠まであずかるとは思わなかった」と言った。

この流れは、落語の神様、古今亭志ん生の十八番『火焰太鼓』と同じだ。確かにそんなことがあったのだろう。しかし、書き方にニヤリとさせる調味料が振りかけてあるようだ。

和田の描く似顔絵は、実に見事にその人間をつかんでいる。写真家アーヴィング・ペンが会社を訪ねて来た時のことだ。篠山紀信が写真集にサインを求めた。

ペン氏は自分の名を書く前に、「君の名前は何ですか」ときいた。シノは「キシン・シノヤマ」と答えた。ペン氏は本に「KISHINへ」とサインをした。ぼくはその日初めてシノが自分の名前をキシンと発音したのをきいた。彼はミチノブであって、まだキシンではなかったのだ。そのとき「シノはきっと有名になる」とぼくは思った。普通、有名になるかどうかを判断するのは仕事を見ることだろう。ぼくは彼が才能があることを知ってはいたが、名をなすかどうかを考えたことはなかった。けれども彼が自分で「キシン」と言った瞬間に、何かがひらめいたのだ。大物でないと語呂がよくても名前を音読みにするのは似合わない。彼の場合、自ら意識していたかどうかはわからないけれど、音読みで呼ばれたいという気持があったのだろう。そして本当に何年か後にはまさしくキシンになったのである。

一瞬に何事かをつかみ取る力は、線の中に人間を捉える和田誠ならではのものだろう。またと得難い天才が逝ってしまったと知り、たまらなく寂しい。

冬の声

わたしは、『慶應本科と折口信夫　いとま申して2』（文春文庫）の中に、昭和七年、慶應義塾大学のホールで語る金田一京助の言葉を、《女性的な話し方だった。「真っ暗な囲炉裏端で、物音ひとつしない夜中に、ユーカラを聴くのです。繰り返しの多い、省略のない叙述が続くのですよね」》と書いた。

話の内容は資料があった。しかし、語調は分からない。金田一春彦や秀穂の語るCDなら何枚か持っている。しかし、さすがに京助はない。そのしゃべり方が女性的だった——というのは、確かに読んだ記憶があった。それに頼った。

さて、『食いしん坊対談集　私のマドレーヌは薩摩揚』大河内昭爾（學藝書林）という本がある。大河内に興味があって買ったのだが、対談相手も豪華だ。前半だけでも、向田邦子、檀ふみ、小沢昭一、栗原小巻、津村節子、大山勝美、渡辺美佐子、樹

木希林……と並ぶ。

樹木は、《他の人の台詞を聞いていない役者があまりにも多い》ので、《感性がいいと思う人だけ集めてやったら》《とてもつまらないものが出来た》。違うものがぶつかることが大事なのだ。それ以来、相手役にこだわらなくなった。《どなたでもいい》。大河内が《いいお話だな》というと、《そうですか。いいお話ならいくらでも出来ますよ》。事実、そうだった。

食べ物についての本なので例えば、後半、北海道出身の沢田亜矢子は、《この年まで生きてきて食べたものの中で一番おいしい。オーバーじゃなくて》と《牛乳のお豆腐》について語る。牛がお産をした後の《一番乳》の固まったもののことで、《こんな美味この世にない》という。

さて、あれこれあった最後の最後に登場するのが、金田一春彦。そこで、こういう言葉が出て来た。

大河内　お父様の声は今でも耳に残っていますが、実にお優しいものいいでしたね。
金田一　あれはやめて欲しかったですね。あれはオヤジが東京に出て来て、自分で標準語をなんとか憶えようとしたんです。で、方法が見つからない。そこで母とか母の姉とかしか習う対象がなかったんです。恐らくそういう人たちの言葉の真似をして。変だったですよ。「そうなんだったですヨネ」なんて言い変えて。

大河内　女性語でしたね。

自分の書いたことに確証が得られ、実に嬉しかった。春彦によれば、言葉が専門の京助なのに、《一月をイチゲツなんて言って平気》だったそうだ。

慶應での京助の講演は、十二月十日に行われた。しんしんと冷える控室で、

――はやいもので、イチゲツがまた目の前ですヨネ。

と語る金田一京助の姿が浮かんだ。

大岡昇平、語る。

十一月号で、埴谷雄高について書いた。

埴谷のことが語られていた――と思い、しばらくぶりで、大岡昇平の『成城だより』（講談社文芸文庫）を手に取った。上巻を開くと、すぐに出て来る。

一九七九年十二月十三日《「無かった事もあったにして聴かねばならぬ、よいか」これは埴谷雄高の千億光年の彼方に実現すべき革命幻想とも通じていて、現代社会の裂目より噴出せる夢魔である》。一九八〇年一月九日《中島みゆき悪くなし。（中略）知らない客にドーナツ盤をきかせて、暮から得意になっていたが、新しがり屋の埴谷雄高だけは、中島みゆきのヒット曲「わかれうた」の題名まで知っていた》。

きりがないので、下巻に移る。

一九八二年九月十三日《それより一室にて埴谷雄高と対談。（中略）埴谷は「近代

文学」の淵源として、昭和十年の平野、本多、山室、座談会に遡る。編集事務をやりしは彼自身にして、昼は編集、夜は『死霊』を書いたそうだ》。

などとある。うむうむ、と頷きながらページをめくる。

この辺で、埴谷から離れる。一九八五年六月九日では、丸谷才一の《「巨人の腹」（文学界）には、巨人の原辰徳につき、ちょっと異議あり》。大いに頷いてしまう。わたしもこれを丸谷の本で読み、首をかしげた。要するに皆、《原》と発音せずに《腹辰徳》といっている——というのだ。

大岡は、友達の例などをあげる。しかし、もっと分かりやすいところで『巨人の星』はどうか。スターという意味と、巨人の星選手という時で、《星》のアクセントは変わる。難しいことは分からないが、普通名詞が、人名などの固有名詞になった時、識別のため、アクセントが変わるのではなかろうか。

同年二月八日では、少女マンガについて《物好きじいさんその全貌を知りたくなる》。小学四年の孫に頼むと、

望都『トーマの心臓』山岸凉子『日出処の天子』十一巻、高野文子受賞作品『絶対安全剃刀』など、どかっと持って来てくれる。大島弓子『綿の国星』岡田史子『ほ

んのすこしの水』などは、二子玉川のマンガ本古本屋（一冊百五十円均一の由）にて買って来てくれた。

小四にして、見事な選書ぶりだ。そして、マンガの話から新井素子の文体論になって行く。天馬空を行く感じだ。

五歳の茜、ベッドのそばへ来て、
「おじいちゃん、そんなに少女マンガ読んでどうするの」
ときかれ、答えに窮す。
「少女マンガ、描くんだ」

衝撃的だったところは別にある。残念ながら、ここには書き切れない。

残された名前

佐藤俊一郎の『今日は志ん朝 あしたはショパン』（同学社）中、「歌右衛門と志ん朝の時代」を読むと、昭和が記憶の中に輝き出す。

確かにあの頃、舞台に中村歌右衛門がいて、高座に古今亭志ん朝がいた。これは、見巧者の希有な目が二人を見つめた記録である。同じ日に高座から舞台へと二人を追った時が一度ならずあり、何という豊かさかと思う。

志ん朝に関していうなら、佐藤は、没後、二度、彼の夢を見たという。作られたものではない、まさにはかない夢の映像までもが伝わって来る。

志ん朝と会って話したのは、一度だけ。ある人に連れられてのことだ。ドイツ語教授の佐藤なので《ドイツびいきの志ん朝の話がドイツに及んだときの助手役として》連れて行かれたという。

ドイツビールの話題になった時、《あまりうまい地ビールがなかったというと、「いや、うまいのがある」とほとんどムキになっていた》志ん朝。《無数にある地ビールのほんの一部を飲んだだけのこちらの失言である》と佐藤。

志ん朝の棺には愛用の独和辞典が入れられたという。佐藤は、その辞典が自分も編集にかかわったものであったら――と思う。

志ん朝は、

パッサウ（ドイツ南部の町）を何年か前に訪れた際、バーだか喫茶店だかで、署名や落書をしたのだが、最近行ってみたら、まだちゃんと残されていたと嬉しそうだった。

ところで、『柳家喬太郎のヨーロッパ落語道中記』（フィルムアート社）を読むと、ドイツには行かないが、アイスランドの地を踏んでいる。オーロラ観光に出かけると笑えないほどの寒さ。分厚い防寒着を突き抜けて寒風が肌を刺す。体感温度マイナス二十度。

さらに、シングヴェトリル国立公園、ストロックル間欠泉、地名を聞くだけでも凄そうだ。

グトルフォスの滝にいたっては、壮大過ぎて言葉にならない美しさ。流れ落ちる滝の迫力たるや。水の量がものすごくてずっと轟々と鳴り響いている。

志ん朝の言葉を読んだ後には、もしここで同じことが行われたらと思う。何年か経ち、日本人がアイスランドを訪れる。雪と氷に覆われた世界を歩き、あまりの寒さに気が遠くなりかける。その時、露わになった岩肌に刻まれた人名を見、自分の意識は確かなのか、と疑う。

——柳家喬太郎

いや、勿論、喬太郎さんはそんなことしませんけどね。

名探偵退場

戦争に負けたから堕ちるのではないのだ。人間だから堕ちるのであり、生きているから堕ちるだけだ。だが人間は永遠に堕ちぬくことはできないだろう。なぜなら人間の心は苦難に対して鋼鉄の如くでは有り得ない。人間は可憐であり脆弱であり、それ故愚かなものであるが、堕ちぬくためには弱すぎる。（中略）堕ちる道を堕ちきることによって、自分自身を発見し、救わなければならない。政治による救いなどは上皮だけの愚にもつかない物である。

坂口安吾の「堕落論」である。敗戦から間もない昭和二十一年四月の『新潮』に載った。

ところで、出久根達郎の『乙女シジミの味』（新人物文庫）に、会津八一の「我が俳

諧」が紹介されている。会津はその中に、正岡子規の言葉を引いている——という。伝言ゲームのようになってしまうが、

魔道に墜ちるならば大いに堕ちよ。落ちて落ちて落ちつくして、再び浮び上がってこそ初めて正覚を得るのだ。

子規がいつ書いた何という文章なのか、出典は分からない。それはさておき、一読、誰しも「堕落論」を連想するだろう。

出久根は《おちる、の字が異なる。子規は墜ちる、安吾は堕ちる。けれども二人の説く意味に、さほど差はあるまい》という。しかしながら、《墜ちる》《堕ちよ》《落ちて…》と三種類使われている。意図したものだろうか。

さて、ここからの名探偵の推理が、まことに素晴らしい。

安吾も八一も、共に新潟市の生まれである。どちらも豪農、大地主と金持ちのむすこ。八一は小学卒業文集に、百姓になると書いた。安吾は、偉大なる落伍者となる、と机に彫って中学を退学した。

八一が「我が俳諧」を、郷里の新潟新聞に連載したのは、明治四十二年である。これを安吾が読んでいたに違いない。そして八一が紹介した子規の言葉が頭にあって、堕落論を草したのだろう。

共通点のある二人だ。文芸に興味がなければ、文芸欄など読まないだろうし、明治時代、新聞をとっているのは金持ちの家である。さらに《新潟新聞》は新潟でなければ読めない。冷静に進められる詰め将棋の手のようだ。ミステリの最後では名探偵が関係者を集め、名推理を披露する。その場面に似ている。しかし、

そう思い、調べたら、新聞連載の年に安吾は、やっと三歳になったばかり。神童といえども三歳では、いかに何でも。

かくのごとく現実とは、しばしば名探偵を裏切るものである。

薔薇色の人生

本というのは、それからそれへと繋がる。

前号の出久根達郎名探偵に、エッセイ集『犬と歩けば』（角川文庫）がある。「瓜ふたつ」の章で、体の痒みについて語られる。汗もかも知れないと天花粉を塗ったが効果はない。痒い。これは、たまらない。医者に行った。

医師はひと目見るなり、「薔薇色紫紅斑ですね。（後略）」

わたしの頭には、ここではたちまち、別の作家のエッセイ集が浮かんだ。川上弘美の『東京日記5　赤いゾンビ、青いゾンビ。』（平凡社）だ。

その中に、こういう一節がひそんでいた。

五月某日　雨

友だちと、飲む。

「ジベルばら色ひこうしん」

という皮膚炎に、少し前になったことを、友だち、こっそり教えてくれる。

ものには順序がある。もし『犬と歩けば』を読むのが先だったら、語られる愛犬や、猫の命名のことは鮮やかに記憶に残ったろう。しかし、医師の《薔薇色》という言葉で立ち止まりはしなかった。先に、川上さんの本を読んでいたから、相似に驚いたのだ。

そして川上さんの語る病名の方には、出会った瞬間、あっといっていた。今となっては遠い昔、うちの子も中学生の時、それになったのだ。わたしが車で医院に連れて行った。

「ジベル薔薇色粃糠疹ですね」

と、いわれた。ものものしい。一度耳に入ったら忘れない。しかし、《ひこうしん》などとても漢字に出来ない。《しん》が《発疹》の《疹》というのは見当がつく。しかし、《ひ》はどうか。肌が赤くなるのだから《緋》かと思ってしまう。それなのに何故、ここに正しく書けるかといえば、今、『家庭医学大全科』を見たからだ。調べると《粃》というのは、《しいな（しひな）》即ち、皮ばかりで実のない穀物だという。難しい。《椎名さん》はいるが《粃さん》はいらっしゃるのだろうか。《糠》が《ぬか》だとは分かる。要するに《粃《しいな》》や《糠《ぬか》》を撒いたように発疹が広がるのだ。

「自然に治ります。心配のない病気です」

その通りだったから、ここに安心して書ける。むしろ過ぎ去ったあの頃を、懐かしく思い出す。

さて、記憶との再会とは別に、川上さんの感性にも驚かされた。文は続いた。

「なんだか、大島弓子か萩尾望都のマンガの題みたいだね」

と、二人で言いあい、ささやかに乾杯。

何と意外な着地だろう。『ジベルばら色ひこうしん』切れ味の良さに、うなってしまう。

ピューマは速い

本の雑誌増刊『おすすめ文庫王国２０２０』に、宮下奈都さんが、自作に対し愛情あふれる書評を書き、さらに文庫の解説も受けてくれた北上次郎＝目黒考二さんのことを書いている。

宮下さんは学生時代、椎名誠、沢野ひとし、木村晋介、目黒考二の『発作的座談会』（本の雑誌社）を楽しく読んだ。その目黒さんの《解説は、私の宝だ》という。学生の頃には、思いもしなかったことが起こったのだ。

さて、『発作的座談会』では「コタツとストーブ、どっちがエライか」などの重要問題が、次々に取り上げられる。昔、伝書鳩を飼うのが流行ったことについては、

沢　で、兄貴が二十羽ぐらい買ってきてある日放したら一羽も帰ってこなくて兄貴

がふてちゃったことがある（笑）。

どう考えても鳩屋に帰ったのだろうが、当時、その問題はどう解決していたのだろう。

声を出して笑ったのは「もし電話がなかったら…」の章。目黒さんが膝を乗り出し、《間違いなくいえるのは飛脚制度が発達する》。そうか、飛脚か。しかし、これで終わらない。

椎　いたずら飛脚、なんてのも現われる。

目　何よ、それ？

椎　だから、無言のいたずら電話みたいに、来ても黙ってる奴（笑）。

目　何も書いてない紙を差し出して、じーっとしてるのね。

椎　またかよ、お前きょう三回目だろ、なんて（笑）。

すごい座談会だなあ。

目　そのうち、ピューマを輸入する会社も現われるね。「うちはピューマ便ですからねえ、とにかく速いですよお」(笑)。

編集部の注が付いている。《動物でいちばん足が速い例として頭に浮かんだのがピューマなのであろう。もちろん、ピューマがいちばん速いわけではない》。さすがは『本の雑誌』。続けて《速いのはチーターだ》などという俗な説明をしない。大事なのは《ピュー》という音なのだ。ぴゅーっと行くのだ。チーターは事実、ピューマは真実。無用な知識は、本質を見失うつまずきの石となる。

さて別の章で、椎名さんはいう。

椎　本来は単独でいるべきものがね、どっと集団で来るとこわいんだよ。

目　たとえば?

そこで、——というところで、以下、次号。

謎の物語

前回に続き、椎名誠、沢野ひとし、木村晋介、目黒考二の『発作的座談会』の話。「集団で来るとこわいもの」の章。椎名さんが語る。グァムで飛行機から新婚カップルがぞろぞろ降りてきた。

目　それで？

椎　それがみんなウエストバッグをしてる（笑）。

木　それはたしかにこわい。

椎　一人や二人なら自然だと思うけど、百組が同じウエストバッグをしてる風景となるとな。

沢　でも子供はこわくないね。幼稚園に何人いようと、うるさいだけで。

椎　幼稚園で遊んでる風景はこわくないけど、たとえばアイスキャンデーを食べている少年が百人いたら、こわいぜ。

木　なるほどね。

問題は、ここからだ。

椎　昔読んだ恐怖小説の話だけど、主人公が車で浜辺を通りかかるんだ。パラソルの下で人々が休んでいたり、泳いでいたり、それはありふれた光景なんだね。ところが、どこかおかしい……と通り過ぎてから主人公は思うわけだ。それで気がつく。浜辺にいた人たち全員が

ネタばれになるので、引用はここまで。

木　こわいねえ。

椎　そういうのがこわいと思うんだ。

注には《この恐怖小説が誰の作品なのか発言者の記憶が定かでなく、編集部でも調査したが判明せず。シェクリイっぽいとの意見もあるのだが。》とある。そういわれれば、知りたくなる。ところが、身近な人に聞いても「さあ……」とか、はては「椎名さんの創作じゃないの」といわれる始末。

宮下奈都さんが、『おすすめ文庫王国２０２０』で『発作的座談会』の名をあげてくれたおかげで、疑問がよみがえって来た。座談会には目黒考二＝北上次郎さんも出席していた。北上さんが読んでいない筈がない。忘れないうちに、会う機会があった。聞いてみると。

「昔は、知られてた話だよ。今、ちょっと出て来ないけどＳＦ系。――大森望さんなら、一発で分かるよ」

その通りだった。答えはブライアン・Ｗ・オールディスの「小さな暴露」。『ニュー・ワールズ傑作選　No.１』（ハヤカワ・ＳＦ・シリーズ）に入っている。

早速、読んでみたが短編小説であり、椎名さんの紹介にあった、俳句的広がりがない。原作（本当はこちらの方が原作なのだけれど）の方が上というのは何にでもあることだけれど、後先からオールディスには、まことに申し訳ないことになってしまった。

失われた原稿

はるか昔、鈴木三重吉の出世作「千鳥」の書き出し《千鳥の話は馬喰の娘のお長で始まる》に魅了されたという文章を読んだ。ある作家が、アンケートに答えて書いたものだと記憶していた。それはまた別の話である。

中村邦生編の『推薦文、作家による作家の　全集内容見本は名文の宝庫』（風濤社）中に宇野浩二の「鈴木三重吉讃」があり、当時の文学青年達は皆、これを暗唱したと出ていた。それだけでは終わらない。《誰が聞いて来たか、『千鳥』は、あの前に三四枚あつたのを、あれを載せた「ホトトギス」の主幹、高浜虚子が削つてしまつたと云ふ、その削られた三四枚を読みたいものだな、と私たちは云ひ合つた程である》。

編集者が原稿に手を入れた話はいくらもある。『赤い鳥』創刊号に書いた芥川龍之介の「蜘蛛の糸」も、掲載にあたり、かなりの加筆添削をされた。神奈川近代文学館

で、解説つきの直筆原稿複製を売っているぐらいだ。
で、その朱を入れたのが、ほかならぬ三重吉なのだ。——と思ったところで、本来終わる話なのだが、どっこい続きがある。

神保町を歩いていたら、某大学の廃棄した『日本文豪資料集成』が出ていた。文字通り、昔の資料をコピー、そのままの形で見せてくれる。まことに興味深いが、あまりに大部だ。個人で揃えるには無理がある。出会ったのも縁と思い、『雑誌集成夏目漱石像二十』という一冊だけを買った。

これを読んでいたら、大正十四年の『愛書趣味』創刊号に載った「處女作並に處女出版物」（長尾桃郎）という文章を見つけた。そこで何と、「千鳥」の削られた冒頭についで語られていたのである。

當時此由を聞知した坂本四《し》方太《ほうだ》氏が大いに愕き、わざ〴〵ホトトギス發行所に赴いて、その失はれた原稿を探すため、紙屑籠をたんねんに探したけれど遂に分らず了ひであつた。
「千鳥は高濱さんの削除によつて初めて『千鳥』となつたもので、坂本さんが御覧になつたら、その削除を歡んで下すつたに違ひない。」

と氏は言つてゐるが、それは兎も角として『千鳥』の冒頭の原文が永久に失はれて了つたのは事實である。

坂本四方太は『ホトトギス』の俳人。筑摩書房の『明治文學全集57　明治俳人集』で《春の夜や物に恐るゝ女の童》《ふらこゝに人もあらざる小庭かな》《かしましき女は蜂にさゝれけり》などの句、明治初期の地方の生活を彷彿とさせる幼少年期の回想『夢の如し』が読める。《孑孑《ぼうふら》は蚊になる紙魚《しみ》は何になる》は本に溺れることへの自嘲だろう。

その坂本が、幻の原稿を求め、紙屑籠の中まで必死に探している姿が目に浮かぶ。

輝く解釈

井伏鱒二の漢詩訳で、最も知られているのが于武陵《うぶりょう》の五言絶句「勧酒」の後半。《花発多風雨／人生足別離》を、《ハナニアラシノタトヘモアルゾ「サヨナラ」ダケガ人生ダ》。自在である。

他には、高適《こうせき》「田家春望」の《高陽一酒徒》の《アサガヤアタリデオホザケノンダ》、また韋応物《いおうぶつ》「秋夜寄丘二十二員外」の《懐君属秋夜》の《ケンチコヒシヤヨサムノバンニ》も忘れ難い。《ケンチ》とは中島健蔵のことである。

李白の有名な「静夜思《せいやし》」もある。《牀前看月光／疑是地上霜／挙頭望山月／低頭思故郷》。

ネマノウチカラフト気ガツケバ

霜カトオモフイイ月アカリ
ノキバノ月ヲミルニツケ
ザイショノコトガ気ニカカル

松枝茂夫編『中国名詩選』（岩波文庫）では、《床前《しょうぜん》 月光を看る、疑うらくは是れ地上の霜かと。頭《こうべ》を挙《あ》げて山月を望み、頭を低《た》れて故郷を思う》《寝台のあたりに射しこむ月かげ、そのあまりの白さに霜がおりたのではないかと目を疑った。頭をあげて山にかかる月を仰ぎ、またうなだれて故郷のことをしのぶのである》となっている。

静謐な夜の空気が言葉の列から流れ出すようだ。俳句の方では月光を示す《夏の霜》が季語になっている。子供の頃、深夜、目が覚めて一人、庭を見たことがある。月の光が木々の影を地にくっきりと描いていた。音のない音楽を聴くようだった。

ところで、この「静夜思」、いいとは思うのだが腑に落ちないところがあった。作者は、横になっているのかどうか——である。《フト》目を覚まして溢れるような月光を見たとする。しかし、横になっていたのなら、《挙頭》や《低頭》が納得出来ない。わざわざ身を起こし、《寝台のあたり》に目をやったのか。

どうも、しっくり来ない。

そんな昔、筧久美子の『李白』（角川ソフィア文庫）を読んだ。疑問の解ける喜びを味わった。

中国では井戸の井桁を「床」または「牀」というのです。李白の有名な望郷の詩「静夜思」に「牀前　月光を看る」の句があり、それを「ベッドのそばまでさす月明かり」と間違って訳したことがありますが、この場合の「牀」もやはり井戸端をさすでしょう。

李白は子供のわたしがそうであったように月の光に誘われ思わず外を見たのだ。この本は、角川ソフィア文庫に入っている。

ところが、今の高校の教科書の指導書の多くにこの説が記されていない、と聞いた。当否は分からない。だが、《読む》ことの面白さ、力を示すためにも、この《解》は、教壇から語られていいものだと思う。

珠玉

思いがけないところで、名品に出会う驚き、喜びは何にもかえ難い。

安野光雅・三木卓の『らんぷと水鉄砲』（新潮文庫）という本を手に取った。画文集である。ぱらぱらとめくった時、目に入る安野光雅の、白玉粉の袋、ゆきひら、金魚の玩具、線香花火、紙ふうせん、などなどの懐かしい絵に、まず惹かれた。

それぞれについて、著者二人の文が付されている。文字通り《付されて》という、やや気楽な感覚で読み始めた。

最初の一篇が安野光雅の「たけのこ」。右のページに、こう書かれていた。

　昭和二十年五月二十四日、私は一兵卒として田舎を出るにあたり、けちな配給酒と手料理の筍《たけのこ》などで、別れの酒をくみかわしていた。

いとこが、小さな声で、

「年老いた父母を残して参りますので、どうかよろしく、と一言みんなに挨拶しとけ、あとはきまり文句でいい」と、耳うちした。

赤いたすきをかけた、たった十九歳の私を、やけくそな旗の波がとりかこんだ。


左に、見事な筍の絵。ページをめくる。


ひきとめようとする人間の力のおよぶところではなかった。とりみだした竹取の翁《おきな》は、

「なにしに、悲しきに見をくりたてまつらん、我をいかにせよとて、捨てては昇り給ふぞ。具《ぐ》して出《で》おはせね」

と泣き伏す。かぐや姫はいう。

「ここにも心にもあらでかく罷《まか》るに、昇らんをだに見をくり給へ」

とて、泣き泣き、文《ふみ》を書きのこして、天上の人となった。

「此国《この》に生《む》まれぬるとならば、歎《なげ》かせたてまつらぬほどまで、侍《はべ》らで過ぎ別れぬる事、返々本意《かへすがへすほい》なくこそおぼえ侍れ。脱ぎをく衣《きぬ》を形見《かたみ》と見給へ。月の出《い》でたらむ夜

は、見おこせ給へ。見捨てたてまつりてまかる、空よりも落ちぬべき心地する」

……と。

思いもかけぬ転調。

当時、決して口には出来ぬ、行く者への思い、去る者の心が、いきなり古典『竹取物語』の言葉に取って代わられることにより、どっと溢れ出る。わたしは、粛然とした。

そして見よ。《脱ぎをく衣を形見》のところに、きちんと《たけのこ》が響いているではないか。

名人の技だ。しかし形式が、表に出しては語れない時代であった——ということそのものを示している。必然だから、あざとくない。

掌編小説中の、傑作である。

月は綺麗……かな

ツイッターというものが、この世にあるのは知っていた。どうやらネットで何かいうことらしい。

川島幸希さんの『１４０字の文豪たち』（秀明大学出版会）が出て、わたしもその画面を見られるようになった。川島さんは日本近代文学研究家であり、コレクターとしても名高い。その方が「初版道」という名で始めたツイッターを、紙上に再現した本である。

元々は《日本近代文学の珍しい初版本や署名本、貴重な作家の自筆資料などの紹介》から始まり、やがて《作家のあまり世の中で知られていない言葉やエピソードにコメントを付けてつぶや》くようになった。

本の形にならなければ、わたしには手が届かなかったので、まことにありがたい。

「夏目漱石が"I love you."を「月が綺麗ですねと訳せ」と教えたのは本当か」という問い合わせを、しばしばメディアから受けます。『英語教師 夏目漱石』を書いた際に調べたのですが、資料がなかったので載せませんでした。刊行後に複数の方から「月が綺麗ですね、が出てませんね」と言われ、改めてこの話が広く知られていると感じました。

ツイートには未発見としましたが、恐らくこれは都市伝説なのでしょう。

とあるのがうれしい。いかにも眉に唾をつけたくなる話だが、最近では映画の中にまで出てくる。月も迷惑だろう。

この《伝説》が、どこから生まれたのかは《漱石とは直接関係がないので、私はあまり関心がありません》と、一刀両断。さわやかだ。

さて漱石の件が出て来るのは、本を読み進み東海道中でいえば大津あたりまで来たところ。その前、名古屋もはるかに過ぎたあたりで気がついた——それぞれの記事に《リツイート》や《いいね》という数字がついている。ネット人間ではないから、見ても見えなかった。

この数字が高いほど、人の共感を呼んだのだろうと見当はつく。ちなみに、「月が綺麗ですね」の回は、リツイート227、いいね534となっている。

気がついた時点で、人情として、

——高い数字を得たのは、どんな記事だろう。

と、思う。調べると、いいね7157という、とんでもない回がある（ほら、見たくなったでしょう）。ちなみに、わたしが驚き、胸を痛めたのは別の回。感想は人さまざま。百聞は一見に如かずである。

巻頭十六ページにわたって、貴重な初版本、署名本、自筆原稿、鏑木清方による『金色夜叉』口絵の肉筆画が、カラーで紹介されている。本好きなら、ここを眺めているだけでも、しばらく至福の時間を過ごせる。

失われた音を求めて

三代目春風亭柳好といえば、落語好きにとってはたまらない名前のひとつだ。

わたしは、子供の頃、ラジオ落語を聞いて育った世代だが、再びそちらに心を向けたのは半世紀ほど前。柳好は、もうこの世にはいなかった。遺されたわずかな音を聴くだけだった。

やがて、レコード三枚組の『春風亭柳好全集』が出た。嬉しかった。柳好最後の録音『穴泥』も入っていた。それでも、もっと聴きたい、まだある筈——と思う落語家だった。

CD時代になり、ビクターからラジオ東京のものを中心に、初商品化の音を出してもらえたのは、実にありがたかった。

ところで、江國滋の『落語手帖』（旺文社文庫）には、ラジオ東京のスタジオで柳

好の『鰍沢《かじかざわ》』を聴いたことが出て来る。《頗《すこぶ》る見事であった》という。

……この夜の柳好の語り口には、蓋《けだ》し鬼気迫るものがあった。そして、それから数日後だった、彼の訃報に接したのは――。


『穴泥』収録の少し前ということになる。後に江國が、小島政二郎にこの話をすると、《「へえ？　柳好が『鰍沢』を？」》と意外な顔をした。芸風からいって、三代目らしくない噺なのだ。それだけに気になる。聴いてみたい。スタジオで――というなら、録音した筈だ。放送はされたのだろうか。ラジオ東京のどこかに、テープが眠っていないものか。

こういう伝説の名演としては、六代目圓生のスタジオ録音『小判一両』がある。こちらは個人的には、噺の中の価値観についていけず、もろ手をあげて感心することは出来なかった。そういえるのも聴けたからだ。耳にすることが出来ず、ただ、凄い凄い――といわれるのは、もどかしく、何より口惜しい。

それはさておき、江國はテープマニアだった。結婚する時、

「ついては頼みがある、きいてくれるか」

と、奥さん（になる方）に条件を出した。落語録音のテープ代だけは、いついかなる時でもすぐに渡すように、と。テープは貴重品だったのだ。

好きな落語家の好きな落語の録音テープが、昭和三十六年の時点で百五、六十本はあったそうだ。となれば、気になるのは、それが今、どうなっているか——である。江國好みなら、まさに精選されたコレクションに違いない。

三代目桂三木助の録音が、意外に残っていないのは、出来のいいテープをある人がまとめて持って行き、そのままになってしまったからだ——と読んだ記憶がある。

テープは劣化するから、長く置いてはおけない。権利関係など難しい問題はある。しかし、貴重な音は、何とかして後世に残ってほしいものだ。

つちーばんすい

和田誠さんの『ことばの波止場』が中公文庫で読めるようになった。箱根で行われたセミナーでのお話をまとめ整理した、うれしい一冊。

「アナグラム」の章に、こう書かれている。

> フランスの映画監督にマルセル・カルネがいます。『天井桟敷の人々』を作った名監督ですが、このCARNEのアナグラムがECRANになります。エクラン。フランス語のスクリーンですね。カルネはスクリーンは自分の命だから、この偶然のアナグラムがたいへん気に入っている、と語っています。

和田さんは、『お楽しみはこれからだ』シリーズでも、このエピソードに触れている。

『PART 4』だ。

カルネは75年にLa Vie à Belles Dentsと題された自伝を出版している。翻訳されていないのでぼくには読めないが、山田宏一が少し読んでくれた。その本の最後の文章が、とても気が利いている。

「最近、面白いことに気がついた。私の名前 CARNÉ を並べかえるといい言葉になる。すなわち、ÉCRAN」

こちらの《É》が、文庫版では《E》になっている。うっかりミスと思われないか心配になった。フランス語の母音の上の印（アクサン）は、大文字の場合、なくてもよい、つまり、間違いではない。本のために書いておく。

さて、土井晩翠。わたしが、その名に出会った子供の頃、本には《つちいばんすい》とルビがふられていた。ところが中学生になり音楽の教科書を開いたら、『荒城の月』の作詞者が《どいばんすい》となっている。——驚いた。

二つを比べたら《つちい》の方が本当らしい。それを《どい》と読む誤りは、いかにもありそうだ。逆はなかろう。しかし、目の前にあるのは教科書。中学生にとって、権威あるものだ。

——どっちなの？

後年、知った。本名は《つちい》、しかし、あまりに誤読されるので、当人が《どい》と名乗るようになった。ややこしいことに晩年には《つちい》も使ったらしい。

その晩翠について、和田さんは語る。

これはどこからきたかというと、『宝島』を書いたスティーヴンスンです。スティーヴンスンは詩人でもありましたから、これを日本ふうにしてツチイバンスイとしたんですね。

——《つちい》だから《ばんすい》なんだ。《つちーばんすい》！

霧が晴れるような、清々しさを感じた。

浦西和彦氏

小文を集めた本は楽しいものである。浦西和彦の編になる『文士の食卓』（中公文庫）も、そういう一冊だ。

浦西編のアンソロジーは、前にも読んでいた。こちらは、食に関するエッセイを集めたもの。《文士が》書いたものではなく、《文士を》書いた文章が並ぶ。すでに読んだものもあるが、ひとつのテーマで一冊になっているところがうれしい。

語られるのは、森鷗外から始まって十五人。最後に置かれたのが、巖谷大四の「太宰治の『神経』」。

三鷹の家を訪ねた時、酒に満足なつまみが出なかった。太宰は《テレたように漬物をつまみ、「この辺は、新鮮な魚がないんですよね」》。時が経ち、小鯵を手に入れた巖谷は太宰の家に向かう。《少し得意になって》差し出すと、《太宰治は、表面ひどく

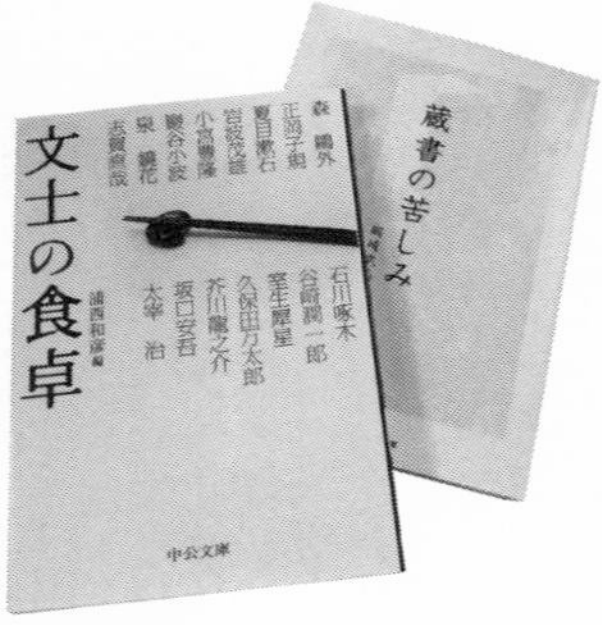

喜んで、それを受取ったが》、《「君、外へ出ましょうや」》。《それから三、四日家に帰らなかったということをあとから聞いた》。

太宰の像が、見事に描かれている。

この本を、通読ではなく手の届くところに置き、あちらを開きこちらを開き読んでいた。

そうしたところが、はずせない用事で、しばらくぶりで東京に出た。電車の中で、岡崎武志の『蔵書の苦しみ』（光文社知恵の森文庫）を読んだ。

谷沢永一の『完本　紙つぶて』の話になる。その一節が引かれ、こう語られる。

「また岐阜県坂下高校文芸部の『友樹』は、第三十八号（昭和四十一年十月）の『葉山嘉樹特集』以来、学生のまじめな作品研究と、指導した教諭浦西和彦の葉山年譜考証の画期的な綿密さとで学界の評判になった」とは、各地の高校文芸部が作った雑誌を賞賛した回の一節。目配りの広さと確かさが認められる好例だろう。そして、ここに名が挙がる浦西和彦は、のち谷沢が教授を務めていた関西大学文学部に引き抜かれていく。

『紙つぶて』なら『完本』も含めて、読んではいた。しかしながら、わたしの頭に、その全ては入っていない。このくだりは記憶になかった。

浦西が楽しみつつ編んだであろう本のページをあちこち開いている今、この文章を目にする。不思議な時間のドアが、目の前で、ゆっくりと、静かに、開かれるようだった。

関西大学文学部を卒業してまだ数年の、若き坂下高校教諭の指導の日々が、そのドアの向こうに見えた。

うちに帰ると早速、『文士の食卓』を手に取り、編者紹介にある、にこやかな顔に見入った。関西大学名誉教授。著書は多数。大阪市民表彰文化功労賞受賞。

浦西和彦の没年は二〇一七年。冬になろうという頃だった。

あかよろし

昔はおおらかだった。小説、随筆で知られる山路閑古は、大正時代、東京帝国大学入試の答案をほとんど白紙で出した。それでも入れた。答案のすみに《アプレバデル》と注記しておいたのだ。

――洒落た奴。

と、評価されたらしい。『私の卒業論文』東京大学学生新聞会編（同文館）に、そう書いてある。二十一世紀では駄目だろう。せちがらい世の中になったものだ。

この本は、昭和二十八年春から一年間「週刊・東京大学学生新聞」に連載された文章をまとめたもの。四十人を越す執筆者の名が並ぶ。卒論製作の苦心談を本にし、学生達の手引にしようという一冊。

論文の締め切りに間に合わせようと徹夜を続けた学生も多い。中村草田男はそのあ

げく、郊外の自宅から本郷まで自動車を走らせ、乗り物酔いになり《提出の窓口で打ちよろめいてしまった》。

いい話もある。池島信平は「アングロ・サクソン遺言状の史的研究」をやった。東大図書館には見事な古代中世英国史料集があり、扉に《震災で失われた東大の復興のために……》と、英国民の好意ある言葉が記されていたという。

また、「ネルヴァール論」を書こうとした中村真一郎は、絶版で手に入らない本をフランスの古本屋に為替入りの手紙を出して頼んだところ、注文以外の本まで、ネルヴァール研究にはこれらも必要と書いて同封し、さらに参考の新聞の切り抜きまで添えてあったそうだ。

なかなか表には出ない、口頭試問の話も面白い。

ギリシア・ローマ文学の権威、呉茂一は『シェレーの「縛を解かれたプロメーテウス」と、アイスキュロスの「縛られているプロメーテウス」の比較』を書いた。短かったので、原文引用でかなり枚数稼ぎをした。内容も《センチメンタルな感想文に過ぎな》かったので、審査の教授方もいうことがなく、困ったらしい。ブランデン先生が、ついに、

「キーツも、いつもこんな紙を使っていました」

阿川弘之は、卒論が『志賀直哉』だったことを、ほかでも書いている。《論》とするのを遠慮し、この題になった。
卒論の事以外にも、口述試験があり、草書で書いた和歌を読まされた。担当は、池田亀鑑。

よほど出来ない学生だと思われたらしく、変態仮名で、「𛀖」と書いてある字を指して、「これは、『の』に見えますが『か』ですから。」といわれた。がっかりした。《𛀖》は《可》。花札の赤い短冊にも《あ𛀖よろし》と書かれている。最もポピュラーな異体仮名のひとつだ。若い阿川の、むっとした顔が見えるようだ。

まじです

テレビの時代劇を観ていたら、江戸時代の人間が、《まじっ？》と口走って興ざめだった――と聞いた。

ところが、である。『考証要集　秘伝！　ＮＨＫ時代考証資料』大森洋平（文春文庫）には、こう書いてある。

マジ【まじ】「え、マジか？」といった言い方は江戸時代からあり、一八世紀末にはかなりはやったという。近代の俗語ではない（東京新聞朝刊、二〇〇三年三月二八日）。

分からないものである。

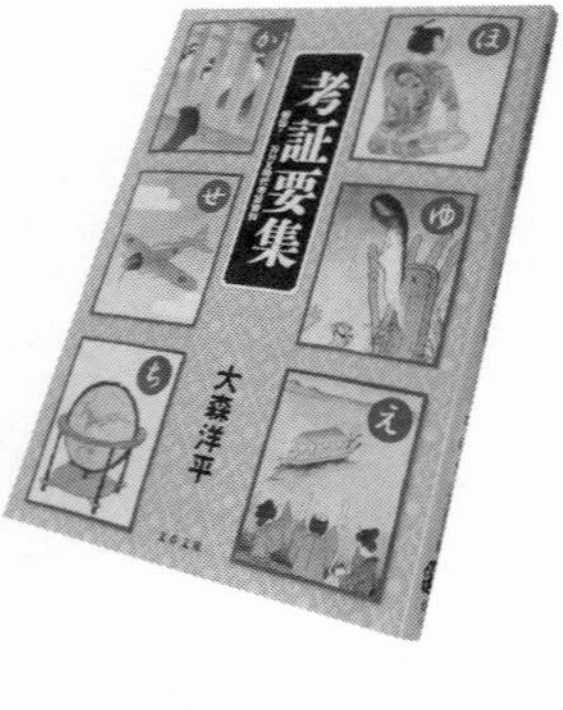

大河ドラマ『麒麟がくる』で、女性が立膝座りをしていて話題になった。この件についても知ることが出来る。《正座【せいざ】》のところに、《女性も本当は江戸初期まで胡坐や立膝座りだったらしい》と書いてある。今までの大河におけるエピソードも添えてあるところがいい。

平安時代を描いた大河『風と雲と虹と』では、姫君役の吉永小百合らに当初袴姿で（朝鮮の民族衣装でのような）片膝立て座りをさせたが、視聴者から「違和感がある」とクレームがあったやらで、普通の正座に戻していた。

そういわれれば、そうだったような気もして来る。

女性が座る時は正座でなくては——というのだ。時が流れ、今回はクレームより《なるほど、昔はああだったのか》という反応だったと思う。それは即ち、我々の住居から畳の部屋が減ったことを意味している。日常生活の中で、座っている人を見ることが少なくなった。座るといえば、椅子の方が普通なのだ。

こんなところからも、時の移り変わりを感じる。

通読しても、あちこち拾い読みしても面白い。落語でおなじみの富くじも《女は買えなかったらしい》といわれると、そうだったのかと思う。《トンビに油揚げをさらわれる》の語源は、言葉通りと思って来たが《大火事に出動する鳶《とび》（火消し）が、火事場弁当のおかずに油揚げを買い占めてしまうことに由来する》と書かれていて、びっくりした。——もっとも、その前に《一説には》とあるのだが。

豆知識の宝庫だが、それを使ってのクイズはいかがだろう。次の人物に対し、その《好物》を以下の語群から選び、記号で答えよ。

1東條英機
2徳川慶喜
3六代目尾上菊五郎

ア　豚肉　イ　桃屋の花らっきょう
ウ　シュークリーム

答1＝ウ　2＝ア　3＝イ

英国、役者事情

坪内逍遥の兄の子で、養子となったのが坪内士行。明治の末からイギリス、ハーバード大学に学び、その後、かの地で俳優修業をしていた。

レンジェル・メニヘールトの『颱風《タイフーン》』小谷野敦訳（幻戯書房）は、二十世紀初頭、欧米各地で評判となった戯曲だという。全く知らなかった。

小谷野の解説によれば、そのイギリス公演に、士行が出演していた。《ドクトル北村を演じていた》という。

士行の名は、大正の芸能界のトピックスを語る『大正百話』矢野誠一（文春文庫）にも登場する。大正四年六月、七年ぶりに帰朝したのだ。

船で神戸港に入り、そこから急行列車に乗り、翌朝、東京駅に着いた。《鳥打帽に麻の背広と赤靴、ステッキと雑誌を手に現われた》と、なかなか細かい。逍遥を初め

として、十数人が出迎えた。
その語るところが興味深い。

倫敦《ロンドン》滞在中はアービングの一座に加わって親しく舞台のひととなり、『ハムレット』のオフィリア埋葬の場の無言の僧と『罪と罰』のラスコルニコフに召喚状を投げこむ守衛の二役で、マンチェスター、リバプール、エジンバラ、グラスゴー、カーディック、ハローゲートなどの各都市を巡演した。宿泊と食事は自弁《てせん》だが、旅費《あし》は劇団もちで、週二ポンドの出演料ということは、日本の金になおして大体月給八十円相当だから、大学出の学士の初任給よりはだいぶいい。これが一流の俳優となると一週四百ポンド、中流で百ポンド。一流俳優には地方巡演の際にはボーイ代りの者がつく。

『ハムレット』は当然だが、『罪と罰』も舞台化され、上演されていたのだと分かる。端役とはいえ、日本人がその公演に参加していたのだ。

一流俳優には付き人がつくというところでは、時代こそ後のことになるが、戯曲『ドレッサー』を思う。

士行は、さらに語る。

もっとも女優になるとみじめな者も多く、最下級のひとは週一ポンド以下、三十シリング見当だから舞台の活動《しごと》だけではめしが喰えない。

それでも女優志願はあとを断たず、ことに戦争で女が多くなったこともあり、百人の俳優生徒を募集すると、七八十人までは女だ。

数字をあげての証言は貴重なのではないか。士行はそういう女優にとって難しい状況の中で、《日本の柴田（三浦）環《たまき》女史》が、《いまなかなかの人気者で、日本人にこんなのがいるのかというもの珍しさも手伝って大いにもてており》《将来《ゆくゆく》は大家になるだろう》といっている。

そら豆島奇談

色川武大の『喰いたい放題』(光文社文庫)には、初物のそら豆で酒を飲む場面が出て来る。思わず知らず、くわばらくわばら——といった調子で、そら豆そら豆——とつぶやいていた色川。

そして、話し出す。

「いや、知合いがね、だいぶ前のことですが、どこか地方の町に行って、八百屋かなにかで、うまそうなそら豆を見つけたんだそうです」

「ええ——」

「で、山盛り一杯買って来て、旅館に頼んで茹でて貰った。それで、酒を呑みながら大皿一杯、喰っちまったそうです」

「そら豆はうまいな。これは豆の王様ですね」(中略)
「ええ、大皿一杯喰っちまって、それから、くだんの八百屋に行ったそうです」
「なるほど」
「それでまたひと山買って、旅館に帰って茹でてもらう。酒を呑んで、大皿に出て来た奴を、喰っちまう。その男はそれで立ちあがって、またさっきの八百屋に行ったんですね。それでそら豆を買って――」

ひたすらに、ただひたすらに、そら豆を食べる。落ちも何もない。それだけなのが値打ち。色川は、そら豆こそ《豆の王者》であり、《あれほど完璧な喰べ物というのも珍しい》と思っているのだ。

獅子文六もまた、随筆集『私の食べ歩き』(ゆまにて)中、「枝豆」と題する随筆を《私は、ソラ豆のある間は、毎晩、ソラ豆を食う。ソラ豆がなくなると、仕方なしに枝豆を食うのだが(以下略)》と始めている。そら豆党員なのだ。

色川の、この本にもその獅子の名が出て来る。

獅子文六氏の随筆に、そら豆狂いともいうべき人が出てくる。その人は瀬戸内海の沿岸だか島だかに住んでいて、そら豆の最良種というのをたくさん蒔いて丹精に育てるらしい。そうして走りのときから最後の収穫まで、毎日毎日そら豆を喰べ続けて悦に入っているという。

なんというううらやましい人であろう。

食に凝ると、原材料まで自分で作り出す。蜜柑、米、鶏、味噌、菜、それぞれに話を聞く。《しかし、そら豆に凝るというのは、その中でも実に滋味掬《きく》すべき味わいがある》と、色川は相好をくずす。

《沿岸だか島だか》というが、これは《島》であってほしい。おのれの愛し、執着するものによって、この世ならぬ別世界を作る――そう考えた時、我々は江戸川乱歩の夢想したパノラマ島を連想しないわけにはいかない。

見えるではないか、全島を埋め尽くし、風に揺れるそら豆の春の花、夏の実が。

微笑む人

穂村弘さんの『もうおうちへかえりましょう』（小学館文庫）の一節については、お会いした時、話したこともある。穂村さんは子供の頃、多くの偉人伝を読んだ。『野口英世』『エジソン』『キュリー夫人』『ワシントン』『ベートーベン』などなど。

時は流れた。

通勤電車に乗って「人生」を送る毎日のなかで、偉人伝を読むことはなくなり、代わりに月刊「連続殺人鬼」といった類の本を愛読するようになった。

「ジェフリー・ダーマー」「テッド・バンディ」「ジョン・ゲーシー」「ペーター・キュルテン」「アルバート・フィッシュ」「アンドレイ・チカチーロ」「エド・ゲイン」。彼らもまた偉人たちに劣らぬ凄いエピソードの持ち主である。

名前の羅列が恐ろしい。「人生」と「連続殺人鬼」のかかわりについての考察ののち、穂村さんでなければ書けない文章になる。

私が吊り革につかまって「特集・ミルウォーキーの食人鬼」を読んでいると、前に座ったひとが不安そうにちらっちらっとこっちを見ている。

情景が目に浮かぶ。

実はわたしもこのシリーズを見たことがある。今はなき、隣の市のデパートの中の本屋で、だ。気味が悪くて、手を出せなかった。綾辻行人さんもホラー系の作品を書いたり好んで観たりしているが、ノンフィクションは苦手だろう。江戸川乱歩も無残絵などは集めても、現実の残酷な事件にはおぞけをふるった。

文章は、続く。

安心してもらおうと思って微笑むと、さっと顔が強ばってしまう。逆効果だったか。

それにしてもこのひとは、月刊「ナース」を読むひとがナースであるように、月刊「連続殺人鬼」を読むひとは連続殺人鬼だ、と思っているのだろうか。それは単純過ぎる考えだ。むしろ通勤電車のなかで「野口英世」を読んでいるひとがいたら、そっちの方を警戒すべきだと思う。たぶん野口英世ではないはずだ。

穂村さんは、実用書として読んでいるわけではない。騎士道小説を読み尽くして遍歴の旅に出る人は、普通はいない。だからこそ、それがまた現実世界から飛翔した、ひとつの普遍の物語にもなるわけだ。それを語ろうとした瞬間、《月刊「ナース」》がすらりと浮かぶのは、穂村さんぐらいのものではないか。すごい。

まあ、それはそれとして、満員電車の中で「連続殺人鬼」を読み、微笑んでいる人がいたら、ちょっと側には寄りにくいなあ。

待ってました。持ってました。

逢坂剛の『鏡影劇場』（新潮社）の帯には《驚天動地のビブリオ《古書》・ミステリー巨編！　文豪ホフマンにまつわる謎の古文書。現代の日本にまで繋がる奇妙な因縁》と書かれている。本好きなら読めと誘う。しかも《予測不能の結末68頁は袋綴じ仕様》というのだからたまらない。

ホフマンといえば、一般の人には、チャイコフスキー作曲『くるみ割り人形』の原作者として知られているのだろう。我々の頃には、今よりずっとポピュラーな作家だった。それは、昔、どこの書店にもあった河出書房の『世界文学全集　グリーン版』のおかげではないか。その一冊がホフマン『悪魔の美酒　金の壺　マドモワゼル・ド・スキュデリー』だった。高校時代、わたしの友達も読んでいた。あの頃は、文学全集が、読書の道しるべだった。

わたしもそこから始まり、文庫本を集め、創土社の『ホフマン全集』も五冊ほど買った。そういうわけだから、懐かしい人に会うような思いで、このホフマン愛に溢れた物語のページをめくった。作者が、舌なめずりしながら書いたような本だ。

中に、こういうくだりがあった。


——(ベルリンの文壇)では、最近ETAに関わる奇妙な噂が一つ二つ、ひそかな話題を呼んでいる。

一つは十年ほど前、一八〇四年に出版された〝Nachtwachen(夜警)〟という、奇妙な小説(らしきもの)の作者がETAだ、との噂が流れたことだ。

これは、空中を自由自在に移動でき、どこの家にでもはいり込める夜警が、さまざまな現実的、あるいは空想的な場面に遭遇して、人とやりとりしたり思索したりする、独白体の物語だ。

作者は、ただボナヴェントゥラ(Bonaventura)としてあるだけで、どこのだれとも知られていない。発表されたときも、さほど世間の注目を引くことはなかった。

しかし出版の翌年、かのジャン・パウルが友人に書いた手紙の中で、この作品が自作の『気球乗りジャノッツォ』の、巧みな焼き直しだと指摘したことから、いちやく読書界の話題になり、作者探しが始まった。

この『夜警』。実は、うちの書棚にある。それも何と、我が町の、今はなきイトーヨーカドーの書店で買ったのだ。現代思潮社の本が、この町にまで来たことに驚いた。《彗星のごとく現われて消えた　永遠の匿名作者ボナヴェントゥーラ》の手になる《強烈な否定精神に貫ぬかれたドイツ・ロマン的ニヒリズムの傑作》だという。

――誰が買うんだ⁉

自分しかいないではないか。

それから四十年以上の時が流れた。実は、いまだに読んではいない。それでも、持っていてよかったと、しみじみ思う。初めて、未読の一冊を取り上げた。本は、あるだけでも嬉しいものだ。

卒論

舞台は勿論、映画でいえば、石坂浩二の金田一もので《よし、分かった！》と叫んだり、『仁義なき戦い』の情けない親分などなどで印象に残る名優、加藤武。小沢昭一によれば、大学での卒論は『テネシー・ウィリアムズ』だったという。聞かなければ分からない。

前回、逢坂剛のホフマンをめぐる物語『鏡影劇場』に触れたが、そこで逢坂氏に会ったら伝えたいと思ったことがあった。しかしながら、パーティも授賞式もない日が続く。対面の機会がない。いいたかったのは、こういうことだ。

——逢坂さん。実は日本推理作家協会の理事の中には、卒論がホフマンだった方がいらっしゃるんですよ。

その方の、聞き書き（徳間書店）には、構成の土屋裕氏の語る、居眠りについての

こんなエピソードも載っている。それなら、小松左京の話につきる——として、
　ちょっと大きなシンポジウムに出席したとき、舞台上のパネル・ディスカッションで自分のスピーチが終わって、隣の人が話をしはじめたところでウトウトしちゃったんだって。ところが観客の笑い声で眼が覚めた。なんだかわからないけれど何かおもしろい発言があったんだろうと思って自分も調子を合わせて笑ってたら、手元に紙が回ってきて、「マイクのまえでイビキをかかないでください」って書いてあったんだって。

　小松左京ではなく、その方がワープロをいち早く使い始めた一人だ——などという興味深い話も語られる。異常に高いものだったが、買うとおまけにコーヒー・メーカーがついてきた。おまけにつられて《買ってしまったのは、私だけだろうと思う》という。それはそうだろう。《昔っから私って、この手のおまけには、とってもとっても弱かったんだ》。なるほど。
　で、卒論。

ホフマンの『くるみ割り人形とネズミの王様』で、「ドロッセルマイヤーおじさんの二面性について」とかそういうの。

締め切りが(原稿の方の)迫っていたので《ものすごい卒論》になった。恐ろしいことに、ドイツ語のレジュメまで書かねばならなかった。

あのレジュメのなかでわたしが自信を持って「これはあってる」と言えるのは、ドロッセルマイヤーの綴りだけじゃないだろうか。

普通はドイツ人の先生に見せ、添削を受けるそうだ。しかし、その余裕もなかった。何とか原稿も落とさず、卒業もできた。

さて、この本とは『ネリマ　大好き』(徳間書店)。その方とは、新井素子さんでした。

映画こそ、わが人生

ある本の紹介が、あまりに面白そうなので買ったら、面白いのは紹介文で引かれている数か所だけだったことがある。これでは困る。

さて今回は、『三分間の詐欺師　予告篇人生』佐々木徹雄（発行＝パンドラ　発売＝現代書館）。実にうまい題だ。映画の予告篇の役割は、お客様に、

――観たい！

と思わせること。本の紹介とは違う。切符を買わせてしまえば、こっちのものである。《詐欺師》――が、その辺りをまことにうまく伝えてニクイ。

これは、ジュリアン・デュヴィヴィエ監督のメグレ警部もの、『モンパルナスの夜』（観てないけど、原作はあのシムノンの『男の首』ですよね）を第一作として、日本版予告篇を作って来た人の回想録。映画が好きで好きでたまらない人が、今までの道

のりを語るのだからつまらないわけがない。

ポスター作りの名人として知られる野口久光も登場する。フランソワ・トリュフォーは『大人は判ってくれない』の野口の絵に感激、贈られた原画を死ぬまでオフィスに飾っていたという。それがトリュフォー追悼本の表紙に使われた。大林宣彦は、もう仕事をしなくなっていた野口に懇望、自分の映画のポスターを描いてもらった。そういう人なのだ。

映画会社で無給の手伝いをしていた佐々木は、手の空いた時、ちょっと試写室にもぐりこむ。終わった時、出て来た佐々木に、野口が近づく。そして、一冊の本を手渡す。何かしらと、表紙を開くと、

「ネエ、本は最初から読むだろう。今、映画をどこから見た！」

それはそれは怖い顔で、印刷屋を怒鳴る時にも見たことのないような形相の野口さんに睨まれて、僕はすっかりしょげてしまいました。

《「途中から映画を見るような奴は映画会社にいる資格はない！　そんな奴は出て行け！」》という。人は心から愛するものに、どう向かい合うべきか。それを教えてく

れたのだ。

しかし映画を思い切れない佐々木が、翌日、おそるおそる会社に行くと、野口は以前と同じように接してくれたという。

映画が大好きだった父親の話、さらに淀川長治の家に行き映画の話を始めると淀川の《お母さんが奥から座布団を持って出てきて、身を乗り出して一緒に》盛り上がるところなど、この親にしてこの子ありという絆が、まことにうれしい。

眼目の予告篇作りについては、後半から、図や写真を豊富に使って、具体的に語られる。

日本の、生きた映画史といえる一冊だ。

四つの恋の物語

加筆改稿を経て、小林信彦の『決定版　日本の喜劇人』（新潮社）が刊行された。今年の大きなニュースである。

忘れ難い文が続く。新橋演舞場の建てかえにより、藤山寛美の新喜劇が東京公演の会場を移したのが、浅草であった――というのもそうだ。大衆娯楽の聖地だったそこに、戦後すぐ行ってみた小林《は、そのさびれ方に呆然とした。（中略）大阪の人は、そうした変化を知らない》。

藤山寛美の悲劇は単純なものではない。それは丁寧に語られている。だがまず、悲劇の舞台装置として、これを出されてうなった。

『あゝ浅草オペラ　写真でたどる魅惑の「インチキ」歌劇』小針侑起（えにし書房）は、輝く、遠くのものと思っていた《浅草オペラ》を、数多くの写真や資料で、我々

に近づけてくれる得難い一冊だ。奇跡的に発見されたという台本まで載っている。さまざまなスターたちについて語られる。我々にはお婆さん役者として記憶されている浦辺粂子が、静浦千鳥の名で浅草の舞台を飾った花であったことを知り驚いた。百聞は一見に——で、何枚もの可憐な写真まで見られたのだ。

浅草オペラといえば、何といってもエノケンだが、これは音だけではなく、ぜひとも動きまで観たい。そこで、小林信彦が『コラムの逆襲』（新潮社）の中で書いている、昭和二十二年の映画『四つの恋の物語』を思った。オムニバスもので、第三話が「恋はやさし」。小林は《戦後のエノケン映画ではベストであろう》といい《エノケンの動きがすばらしい》という。

ぬかりなく、この本の小針氏もまた、それについて語っている。

榎本健一・柳田貞一・中村是好の三人が浅草オペラの舞台「ボッカチオ」を再現しており、御馴染みのトリオで「ベアトリ姉ちゃん」、柳田貞一がオペラ時代の十八番である「桶屋の唄」を歌っているのを聞いて、当時の舞台に思いを馳せるのが私の悦楽のひと時であり、浅草オペラの舞台を偲ぶ上で数少ない映像資料となっている。

さぞかしご高齢かと思うとこの小針氏、一九八七年生まれというのだから頼もしい。こういう方がいらっしゃらないと、貴重な資料が散逸してしまう。

「恋はやさし」では、わたしの愛する映画『エノケンの天国と地獄』と同じく、榎本健一・若山セツコの二人に会える。それもまた、うれしい。

この『四つの恋の物語』だが、長生きはするもので、『黒澤明DVDコレクション42』として、この間、一般書店でも気軽に買えるようになった（その時だけだったが）。第一話「初恋」の脚本が黒澤なので、シリーズに入ったのである。

日本のシムノン

『ぼくのミステリ・コンパス』（龜鳴屋）は、戸川安宣氏が《朝日新聞の一九七八年十一月十二日から一九九二年五月十七日まで、さまざまなコラムに匿名で書いた書評や時評の類を、発表順に収めた》本。

当時のミステリ界の動きを知ることの出来る、ありがたい一冊である。どこを開いても興味深いのだが、一九八五年の暮れにこんな文章が書かれていた。

今年の四月、フランスのドゥノエル社から *La Hache, Le KOTO et Le Chrysanthème* という題名の翻訳書が刊行された。

『斧と琴と菊』だから、ミステリファンならすぐ分かる。ご存じ、横溝正史の『犬神

家の一族』。

ドゥノエル社はボワロ＆ナルスジャックやセバスチャン・ジャプリゾの本を出している、フランスの代表的な出版社だが、《このあまりに日本的な作家が、果たしてどのような受けとめ方をされるのか、知りたいものである》という。さて、どうなったのだろう。

それにしても、裏表紙の著者紹介に、「日本のシムノン」とあったのには、思わず苦笑してしまった。

なるほど、日本人から見ればあまりにも違う。そこで『池波正太郎の春夏秋冬』（文春文庫）を思い出した。中に「フランスの地方に魅せられて」という談話が収められている。

池波は一九七七年を皮切りに《ほぼ二年おきくらいに、これまで五回行きましたか。今年（一九八八年）も五月か六月には行くことになってい》る、と語る。しかし、残念なことがあった。お気に入りの居酒屋が店を閉じてしまったのだ。そこのぶっきらぼうな主人と仲良しだった。そうなるきっかけはこうだ。

案内してくれた人が「この人は日本のシムノンだ」とぼくを紹介してくれたんです。シムノンはその店の常連ということで、亭主がすっかりぼくのことを気に入ってくれた、そういういきさつなんです。

今から六十年以上前、仁木悦子が『猫は知っていた』で登場した時、《日本のクリスティ》と書かれた——と思う。作風など関係ない。ただ単に、《優れた女流ミステリ作家》という意味である。当時、一般にクリスティのきちんとしたイメージがあったかどうかも疑問である。

一方、フランスで《シムノン》といえば、これはもう、《人気作家》という意味なのだ。兵隊の位でいえば大将。日本のエジソン——といえば、発明王になるようなものだろう。

多くて見苦しからぬは

兼好法師は『徒然草』の中でいっている。あるべきものがあるべきところにあるのはよい。しかしながら、お堂にやたらに仏様が並んでいたりすると、ありがたいより先に、過剰な感じになる。これに対し《多くて見苦しからぬ》ものがある。何か。《文車の文》。

力強い言葉ではないか。本は多くても、よいのだ。

『名編集者パーキンズ』A・スコット・バーグ　鈴木主税訳（草思社文庫）は、マックスウェル・エヴァーツ・パーキンズについて語る本。彼は、スクリブナー社にいて、F・スコット・フィッツジェラルド、アーネスト・ヘミングウェイ、トマス・ウルフといった錚々たる作家たちを担当した。

編集者としての仕事ぶり、作家とのやり取りは、まことに興味深い。映画化もされ

ている。この本についてなら、書いたことがある。しかし、そちらで触れなかった脇筋の話にも、忘れ難いところがある。

パーキンズの奥さんはルイーズ。大掃除を敢行。家に溢れかえっている本が標的になる。

数百冊の本を数個の樽に詰め、運送業者に五ドル払って運ばせた。それから何週間かして、スクリブナー社で希覯本の権威をもってなるデヴィッド・ランドールが、二番街の古書店をひやかして歩いていたところ、ある店の陳列棚に目を奪われた。ゴールズワージーをはじめとする著名な作家がマックスウェル・パーキンズに献呈した署名入りの本が何十冊と並んでいたのである。ランドールはマックスにそのことを知らせて、本を買い戻しに古書店へ引き返したところ、全部で五〇〇ドルだと言われた。

五ドルが五〇〇ドルだから百倍? おっと間違えた。五ドルは、逆にこちらが払った手数料だった。

「二五ドルで話をつけた」と、後年ランドールは回想している。「本を売ったのがパーキンズ夫人ではなく、ばかな女中だと、わたしが口添えしたからだ。それ以上いい、ぼるつもりなら、法廷で会おうではないかと言ってやった」。

パーキンズは、この事態を前にし、《頭を振って、いつもの控え目な笑い声をあげた》という。

せっかく広くなった家に、数十冊の本がまた戻って来てしまった。奥さんはどんな顔をしたことか。笑い事ではない。本好きの人間の連れ合いなら、その気持ちが、よく理解出来ることだろう。やれやれ。

ちなみに、冒頭の《多くて見苦しからぬ》ものだが、《文車の文》の後には《塵塚の塵》と続いている。ごみ捨て場のごみ。なるほど。

いい辞書の作り方

『OED』――即ち『オックスフォード英語大辞典』は、世界の辞書中、最も有名なものであろう。

その困難な製作過程を描いた映画が出来た――というのは、かなり前の夕刊で読んだ。『博士と狂人』。興味を持ちつつ、出掛けて行って観るには至らなかった。それをテレビでやってくれた。

昔の映画俳優なら、比較的識別できる。カーク・ダグラスとバート・ランカスターなら分かる。しかし、メル・ギブソンとショーン・ペンといわれても、どちらが博士で、どちらが狂人なのか、よく分からない。そんなわたしなのだが、題材には魅きつけられた。観終わって、

――この話は、どこかで読んだぞ。

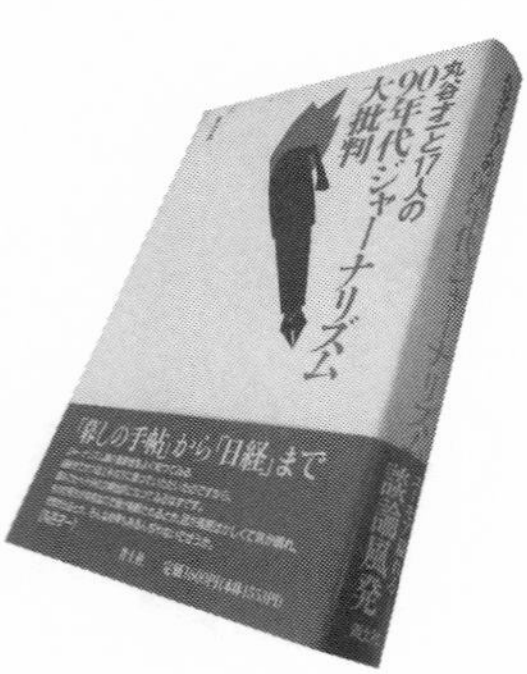

と、思った。しばらく考えて、『丸谷才一と17人の90年代ジャーナリズム大批判』（青土社）だと膝を打った。中の「『広辞苑』『大辞林』『日本語大辞典』を引きくらべる」の章で、井上ひさしと百目鬼《どうめき》恭三郎が語りあっている。

井上　『ＯＥＤ』に、ある読者から、すばらしい用例がどんどん送られてきた。あまりにすばらしい用例で、しかも数も多いので、不思議に思って調べていくと、Ｗ・Ｃ・マイナーという人で、精神病患者が入る刑務所に一生いた人だったんです。

百目鬼　そうそう、退屈でしかたがないから用例を拾った。

井上　殺人犯で元医師なんです。その人が、刑務所でやることがないので、あらゆるものを読んで、例文を書き出して、編集部に毎日のように送ってくる。それが結局、『ＯＥＤ』の例文のすごさを支えたといいます。そういう民間の奇特な人の協力がないとね。

たちまち、《そうそう》と応じるのが百目鬼らしい。「これより古い用例の心当たりのある方は、知らせてくれ」というカードを入れておいたところ、反応があったのだ。改訂版製作時には、マイナー氏ほどの協力者が名乗りをあげなかったので、苦労した。

なかなかないことだから、映画にもなる。
常識を超えた仕事がなされる時には、普通ではない人の働きがあるものだ。

井上　おそらく狂気だと思いますね。狂っているというと、ひじょうに語弊が多いんですけど、夢中になっている人が規範をつくるというのが、どうも真理のような気がします。やっぱりもの狂いになる人がいて、そのもの狂いが移ってみんなが沸き立つようなときに、本当にいい辞書が生まれてくるんでしょうね。

いろいろな場面に、当てはまりそうだ。『本の雑誌』も素晴らしい仕事だが、さて、どんな人たちが作っているのだろう。

いろは、あれこれ

戸板康二の『いろはかるた随筆』（丸ノ内出版）は、どこを開いても面白い。
高田保が昭和二十四年に作ったのが『文壇いろはかるた』。

よ　読まずにしゃべる老大家

など、高田らしく皮肉だ。
矢野目源一は『スターいろは歌留多』を発表した。

た　足らぬは亭主ばかりなり

原　節子

ことわざを一字だけかえているところが見事であり、また哀しい。

かるた風のパロディも載っている。金田一春彦の作に、

ひ　ピンポン暇なし

息つく間もない打ち合いを見ると、まさにそうだと思う。うまいものだ。

戸板は、歌舞伎や落語の名台詞を拾い、かるたに仕上げた。いかにもこの人らしい。歌舞伎は《い　今ごろは半七さん》から、落語の方は《い　いま何時《なんどき》だい》から始まる。考えるのが、うれしくてたまらないのだ。落語の《れ》が見つからず、圓生全集を《気も狂わんばかりに見てゆ》き、何とか完成させたそうだ。

『スリラーかるた』というのも作った。

《い　犬におびえるバスカーヴィル》《ろ　ロンドンに住む名探偵》と始まる。《を老いても鋭いドルリー・レーン》などというのもある。

こういうのを見ると、自分の得意分野でひと組作ってみよう——と思う人も多いのではないか。

戸板の慶応予科時代の友人、加藤義郎が作ったのが東西文学を素材にしたかるた。

これが《なかなかの傑作》として紹介されている。そのうち十が、日本文学によっているという。《せ　セントヘレナ小さい島》は芥川龍之介の『侏儒の言葉』によるというのだが、これは「歯車」だろう。

一方、

ち　ジュリアン・ヴィオオは海軍士官

というのもある。加藤は《ヂュリアン》として、《ち》のところに置いたのだろう。戸板は日本文学の方に入れていないが、これもまた芥川の「舞踏会」ではないか。

「奥様はその仏蘭西《フランス》の海軍将校の名を御存知ではございませんか」（中略）
「いえ、ロティと仰有《おつしや》る方ではございませんよ。ジュリアン・ヴィオと仰有る方でございますよ」

というのだから、間違いないと思うのだが、いかがだろう。

名文家

星新一の文章のすごさは、読むことになれない人には理解できない。それを絵解きしたのが向井敏だ。『文章読本』（文春文庫）ではまず、某氏によるフレドリック・ブラウン作「狂った星座」の訳をあげる。

ロジャー・ジェローム・フラッターは、この物語の事件が起きたころ、コール天文台に働く真面目な一職員であった。フラッター（世辞、へつらいの意味がある）とはふざけた名前だが、敢て弁明はするまい。ただ、けっしてでたらめでなく、正真正銘の本名であることだけを、いっておこう。

フラッターは、とくにこれといった閃きもない、平凡な青年だったが、毎日の職務には忠実で、熱心に、かなり能率的に仕事をし、家に帰ると、まい晩一時間だけ、

微積の勉強をして、将来いつの日か、どこかの大きな天文台長級の人物になりたいと夢みていた。(中略)
ロジャー・フラッターを紹介しよう。
背は高いほうだが、顔色は、一日の大部分を屋内ですごすためか余りよくない。
《ていねいでわかりやすく》、これといった問題はない。星新一は、これをこう訳す。

ロジャー・ジェローム・フラッター。フラッターにはふらつきという意味があり、ふざけていると思われるかもしれないが、本名だから仕方ない。彼はこの事件の発生したとき、コール天文台につとめる、まじめな所員だった。
これといったとりえのない、平凡な青年だったが、勤務成績はよかった。熱心に手落ちなく仕事をこなし、帰宅してからは眠る前に一時間ずつ微分積分の勉強をし、いつの日か大きな天文台の所長をまかされるようになりたいと願っていた。地味で堅実な性格だった。(中略)
で、ロジャー・フラッターなる青年だが。
長身。顔色のよくないのは、屋内ですごすことが多いからだ。

向井は《星新一は無重力の文体とでも呼んでみたいような、不思議な文体をもつ作家であ》り、《無愛想で、突き放した、どこか金属質の響きをもつ、それでいてけっして冷たいというのではない、明晰な文体。そう、ここには単に上質というだけではない、独創の刻印を打たれた文体がある》という。その通りなのだ。そしていう。

星新一の全訳にかかる『フレドリック・ブラウン傑作集』はSF名作集という以上に、フレドリック・ブラウンと星新一という、二つのめざましい才能が合さって成った稀有の一冊である。

先日、神保町でそのサンリオSF文庫版を手に入れた。持っているぞ——といいたくて、この一文を書き始めたのだ。

馬の名前

NHKの番組『日本人のおなまえ』に「珍名馬！　難読馬！　ビックリ競走馬ネームSP」という回があった。

その少し前に、友人が、

「スモモモモモモモモという馬が、話題になってますよ。よどみなく競馬中継する、アナウンサーが偉い」

と、いっていた。

――なるほど、そこでこういう特集をやるのだな。

と思った。

テレビではまず、七人の侍ならぬ七頭の珍名馬が紹介された。無論、珍・名馬ではなく、珍名・馬である。

バカニシナイデヨ、モグモグパクパク、ナンデヤネン、サバノミッソーニ、ビックリシタナモー、オレニホレルナヨ、ネコパンチ。

そして、自分の持ち馬に、こういった名前を次々につけてきた「珍名馬界のゴッドファーザー」なる人物が登場する。顔出しNGのその人物こそ、小田切有一氏。

——これがあの！

と、馬の世界に縁のないわたしが思ったのは『編集者の短歌史』及川隆彦（はる書房）を読んでいたからだ。

『短歌現代』の編集者として過ごした日々が語られる本である。当時の短歌界、歌人たちの姿が、生き生きと描かれている。印象に残るエピソードがいくつもある。読めてありがたかった一冊だが、短歌以外にも忘れ難いくだりがあった。

著者は大学時代、文芸評論家小田切秀雄の教えを受けた。『短歌現代』創刊二周年記念号に原稿もいただいた。その弟が、立教大学教授小田切進。そして、

ご子息は小田切有一氏と小田切統二氏。有一氏はＪＲＡ（中央競馬）界の馬主である。有一氏の馬名のつけ方はユニークで、ＪＲＡの中で、競馬ファンの中で小田切さんを知らない人はいないであろう。

昨今ではジンセイハオマツリ、ウソハッピャク、オマワリサン、ワシャモノタリン、オレハマッテルゼ、ワナ、ナゾ、カゼニフカレテ、ニコニコママ、ガッチリガッチリ、オメデトウ、ドモナラズ、等々、上げればきりが無い。

かつて、ノアノハコブネという牝馬では二十八頭中、二十一番人気でオークスを制し、大穴を出したことでも知られている。

「息子はどうして馬主にまでなってしまったのか？　ぼくも分らなくてネ……」ある日、小田切先生はそう述べていた。

一読、忘れ難い。

テレビの有一氏は、ことの初めを語ってくれた。尋常でない跳びはね方をした若駒に、ラグビーボールと命名。皆が驚いたので、「しめた」と思ったそうだ。

画面には出ない、にこやかな顔が見えるようだった。

プロスペル・メリメ

ゴンクール賞に名を残すエドモンとジュールの兄弟は、膨大な日記を残した。その抄訳が上下二冊本となって岩波文庫に入っている。斎藤一郎編訳になる『ゴンクールの日記』だ。抄訳——といっても、上下合わせて千二百ページ近い。これが手頃な形で読めるのは、まことにありがたい。

『篠沢 フランス文学講義Ⅰ~Ⅴ』篠沢秀夫（大修館書店）は、刊行当時、

——こんな面白い本があるだろうか！

と、舌なめずりして読んだ。ほとんど忘れているのが情けない。その『Ⅲ』に、フランスにおける日本美術の流行は、ゴンクールによるもの、と書かれている。《ゴンクールが関心持つというのはみんな病的でもって、（中略）だから意外に日本なんていうのも気味の悪いものだったということが言えるんじゃないでしょうか》というあ

たりが、ただの紹介でなく面白い。無論、ゴンクールの日記にはジャポニズムに関する記述も多い。

一方、フローベール、モーパッサン、ゾラといった、おなじみの作家が、町内の変なおじさんのように生き生きと描かれる。巨匠バルザックについて、集まった者たちがあれこれ論評する。サント＝ブーヴが《天才ではあるさ。でもあれは化物だ》。一八六三年だというのに《もう古い》という声に対し《「だけどユロなんかねえ」とネフツェルが叫ぶ。「あれは人間的で、素晴しいですよ」》。ユロ男爵のことだろう。思わず拍手してしまう。

——その通り！

次には、一八六五年十一月一日、メリメ登場の部分を引く。

中学生の時、地域の文集に「マテオ・ファルコーネ」の感想文が載っていた。これが、全く読めていないないひどい文章。メリメなど知りもせずに選んだであろう先生に、憎しみすら感じた。

さて、その「エトルリアの壺」や「イールのビーナス」の作者は、こんな風に言葉を発したのだ。

今晩、メリメがやって来た。わたしたちは初めて彼の話すのを聞いた。自分で自分の言っていることを聞きながらしゃべる。ゆっくりと、じりじりするほどの沈黙をまじえ、一語一語、一滴一滴、まるで自分の印象を蒸溜させているかのように、そして、自分の周囲に、氷のように冷たいものを、少しずつ落下させて行く。機智とかひらめきとかは皆無といっていい。しかし、よく考えた言いまわし、じっくりと時間をかける老優のような台詞まわしだ。もてはやされている語り手の思い上りの底がのぞき、幻想や羞恥や社会的しきたりといったものすべてに対する気取った軽蔑がある。この乾いた底意地の悪い皮肉からは、よくはわからぬが、健康で善良な人々を傷つける何かが発散する。女性や弱い人を驚かし支配してやろうと念の入った皮肉だから。

浴衣の柄

メリメのこととなれば、芥川龍之介がかつて書いた『雑筆』中「不朽」の一節、《ゴオテイエは今日《こんにち》読むべからず。然れどもメリメエは日に新《あら》たなり》が、よく引かれる。対句にするため呼び出されたゴーチエさんこそ、よい面の皮だ。

芥川はまた『鏡花全集』に寄せた文では、その作の《質》をメリメ、《大》をバルザックと比べ、勝るとも劣らないと書いて泉鏡花を喜ばせた。裏返せば、メリメへの確たる評価になる。

時は流れ、旧制高校時代の澁澤龍彦は、岩波文庫の『エトルリアの壺』を愛読した。《このひとのメリメは絶品》という杉捷夫訳。それを語る澁澤の「『エトルリアの壺』その他」には、わたしの思うことが、そっくりそのまま書かれていて、うれしくもあるがまた、何もいうことがなくなって困ってしまう。

そんなことを、ふと思った時、読まずに積んであった河出文庫の澁澤龍彦作品中の二冊、オリジナル編集『私の少年時代』『私の戦後追想』に手が伸びた。

「チョロギについて」という文章がある。正月料理の重箱にある、何とも不思議な形のもの。《『本朝食鑑』では知也宇呂岐と書き、また俗に千代老木とも書くらしい》と始まり、これをフランスでは《「日本のクローヌ」と呼んでいる》となる。澁澤ならではの運びだがしかし、《パリの食通はこれを「さそりの尾」と呼んで珍重した》というところまでは、澁澤の別の本『都心ノ病院ニテ幻覚ヲ見タルコト』を開き、「リゾームについて——十九世紀パリ食物誌」を読まないと出会えない。

要するに、面白い文章があると、どうも以前、読んだ気がする。で、今回、出会いが最も印象的だったのは、『私の少年時代』の解説だった。《兄が逝ってはや二十五年》と始まる。澁澤幸子が書いている。

太平洋戦争が始まる前のことだ。毎年、夏を房総で過ごした。

みんなで砂浜にすわって、降るような星空を仰いだ。天の川が鮮やかに見えた。

「北斗七星わかるかい？」

と父の声がする。アイスクリームなど売っている森永キャンプストアから、風に

のって音楽が聞こえてくる。（中略）
眠くなってきた妹を父がおんぶして帰途につく。兄が下駄を脱いで走り出すと、私も後を追って走った。

この海岸散歩に、妹たちは《おそろいの朝顔柄の浴衣に赤い絞りの三尺を締め》て行った。兄はどうだったか。夜の浜辺を走る小柄な子——後にさまざまな仕事をすることになる少年、澁澤龍彦は《ミッキー柄の浴衣》を着ていた。妹の目を通して、それが見える。
書かれねば消える遠い遠い夜。それが一瞬、自分の記憶のようによみがえる。

横山重とヘンリー・バーゲン

買った古書に、朝日新聞1990年3月19日夕刊文化欄の切り抜きが入っていた。反町茂雄の『紙魚の昔がたり・明治大正篇』（八木書店）刊行に際し、著者に聞く——という記事だ。筆者は稲葉暁記者。

反町は、その中で国文学者横山重について語っている。

「横山さんは熱心な人で、一種の人物でした。本のことに通じておられて、そのうえカンが非常によかった。たいして金持ちじゃないのに、お金をポカッと送ってきて、自分で持っているとつまらないことに使ってしまうから、反町さんにあずけておきます、どうせ、私の要る本は反町さんのところに出るにきまっているんだから、と言って。そんな人はほかにはいません」

わたしの書いた『いとま申して2　慶應本科と折口信夫』を、古書店の折口関係書籍の棚で見たことがある。しかし実はこの巻は導入部、折口に関して本格的に語られるのは最終巻『いとま申して3　小萩のかんざし』においてなのだ。そこで、折口と並んで巨大な姿を見せるのが、この横山重だ。

研究や論の前提となる、古典の本文校訂に一生を捧げた人である。折口に《悪人》と断じられたため、特に折口周辺の人たちには、誤解されることが多かった。しかし、知れば好きにならざるを得ない、まことに真っすぐな快男児だ。

横山のことを書いたわたしが、時を超え、たまたまこの記事の切り抜きを目にし、反町の言葉を読むのも、不思議な縁と思った。

本文校訂ということでは、東の横山に対し、西のヘンリー・バーゲンも忘れ難い。福原麟太郎の『天才について』（講談社文芸文庫）に登場する。バーゲンは、ロンドン在住のアメリカ人研究者だった。福原はそのやり方を、いわば《芸道修行》といっている。

本文の、ある一字があいまいである、それから、ここにコンマ（，）があるか無いかはっきりしない。草稿はどこにあるんだ、という。ケイムブリッジ大学のペムルック学寮図書館と答える。じゃ行ってそれをみようという。写真がありますよ、と答える。いや写真は駄目だ、コンマだかフィルムの傷だか解りゃしない。実物をこの目で見るんだ、とせき立てる。あすの朝七時、バスで行こう、という。あの冬の朝のことを私は忘れない。耳や鼻がちぎれそうな寒風が吹いていた。バーゲンはちゃんとまだ薄暗いバスの発車点へ来ていた。行程五十マイルをその一語一点の為に強行往復したのである。

とにかく原物を一刻も早く《わが肉眼で》確かめずにはおかないという、執念に近い情熱は、東西の校訂者に共通するものだ。

剣持くんと三島由紀夫

学生と社会常識とは、かなり遠いものだったりする。そういう例は、いろいろと耳にする。

大学の講演会の講師を依頼され、前途ある学生さんのためなら、無理をしても――と受けたら、

――いやー、助かりました。ナントカ先生に頼んだら断られたんで、困ってました。

と、本命ではないと堂々といわれたり、あるいは、講演前の打ち合わせで、

――今年は、ろくな作品が出ませんでしたね。

と一年を回顧され、自分の本も出ているんだが……と歯ぎしりした、などというのも聞いた。

そういう我々も半世紀前には、さまざまな若気の至りを重ねて来たわけだが、さら

に前の《学生さん》にも、無論、武勇伝がある。

吉村昭の『蟹の縦ばい』（旺文社文庫）を読んでいたら、あっと驚く話が出ていた。吉村は、学習院大学文芸部の機関誌とかかわりをもつことになった。同人の剣持なる学生と上野の国立美術館で赤絵の陶器を見、誌名を『赤絵』と決めた。だが、創刊号を出してから、三島由紀夫が学生時代、同じ誌名の同人雑誌を出していたと分かった。剣持はおそれを知らぬ男で、単身、三島のもとに赴き、諒解を得て来た。

その後、同人仲間は剣持に誘われ、三島を訪問した。

氏は不快な顔もせず、ビールをすすめて下さったり、ラディゲの話をして下さったりした。そして、たしか二度目におたずねした時、「仮面の告白」に署名をして一人々々に渡して下さった。

あまりの厚遇である。吉村は、作家の自宅訪問は無礼と気づき、以降は足を向けなくなった。

文芸部には社会常識を知らない学生がいた。『赤絵』を二百部ほど郵便局に持ち込み、数が多いのだから郵送料を割り引きしろとねばった者もいたぐらいだ。

しかし、剣持は、それどころではなかった。まず三島に、自分たちの同人誌に、詩を書いてくれと頼んだ。意外にも、三島はこれを承諾した。

剣持が受け取りに行った。そして、三篇を持って来た。

——本当に三島由紀夫の詩だ!

と興奮するところだが、剣持の言葉を聞いて、みな絶句した。

「五篇あったがね、その中でこれならと思うもの三篇をいただいた」

二つをボツにして来たのだ。それが、非礼であると、気づきもしない。三島は、はたして、どんな顔をしたのだろう。

父と子

斎藤茂吉が怒りっぽかったという話は聞いている。具体的例は、北杜夫が「頑固にして専横」という文章で書いている。遠藤周作編の『友を偲ぶ』（光文社）に収められている。

子供の頃、《父はなによりも恐ろしい存在》だった。

あるとき玄関に客が見えて、父に面会を求めた。遠くから上京してきたアララギの会員らしかった。女中が、先生は風邪でねていらっしゃいます、と伝えた。しかし客は、地方から出てきたのだから、お顔を一目でも、と主張した。

しばらくすると二階から、大層な勢いで父が降りてきた。おれは本当に風邪でねていた。嘘だと思うのか。そう父は憤怒を爆発させた。客はすっかり恐縮してしま

ってへどもどしたが、父はそれでやめようとせず、およそ五分間ほど憤怒をつづけていた。唐紙ごしに聞いていた私は、客が可哀そうであったたし、それよりもまるで自分が怒られているように恐ろしかった。

見えるようだ。全身全霊をあげて憤る斎藤茂吉。想像するだけで、こちらまで慄えだしそうになる。

さて、北杜夫が慶應病院神経科に勤めていた、若き日々を回想したのが、『どくとるマンボウ医局記　新版』（中公文庫）。巻末に、武田泰淳との対談「文学と狂気」の一部をも収録している。

遠い日のことである。医学的な面での記述、その他、時代の変化を考慮に入れて読む必要はあるが、北杜夫について教えられることも多い。

巻頭に、1960年頃撮影という、白衣の美青年、北の写真が載っている。

この本にも、茂吉のことが出て来る。

私の父も不眠症の気味があって、よく眠剤を飲んでいた。かつて宇野浩二氏がある種の精神病になって、友人の広津和郎氏が父に相談した時、父は自分が飲んでい

る眠剤を与え、

「これは私が飲んでいる薬だが、はじめての人には強いだろうから半量を与えなさい」

と言ったのは有名な話である。

私はこの逸話が念頭にあったから、不眠を訴える患者に眠剤を処方し、

「こういう薬を飲んで中毒になりませんか？」

と不安を訴える人には、こう言うことにしていた。

「いや、これはぼくが飲んでいる薬の半分の量だから大丈夫です」

一部の患者は安心した。逆に一部の患者は、

「この医者は本当に大丈夫なのだろうか？」

と言った顔付をしたものだ。

酒場三銃士

時のうつろいと共に、かつては見事であった表現が分かりにくくなる。その時代を知っていると、

――うまいっ！

と思うのだが、後代の人には何がなにやら、である。

そういうことをあるところに書いた。そこでは、あげなかった例がある。思い返すと気になり、ぜひ触れておきたくなった。東海林さだおの作だ。

東海林作品の、目のつけ所の絶妙さは、多くの人があげる。独特の切り口から、生き生きとした人間像が浮かんで来る。枚挙にいとまがないのだが、たまたま手近にあった『アサッテ君』（講談社文庫）を開く。四コマ漫画である。

七夕の短冊に、皆が願いごとを書いている。アサッテ君の奥さんが、それを見てい

る。おじいさんは《世界が平和に！》と書いている。おばあさんは《家族みんなが健康に！》。子供は《山口クンが早く退院できますように》。にこにこする。
最後に、わが旦那、アサッテ君の短冊を見ると、
——今夜 刺し身を食いたい
奥さんは、
——なんて小さな願いごとなの!!
この作者でなければ描けない世界が、ここにある。
さて、問題の作というのは『ショージ君の「サラ専」新聞』（講談社）にある。
酒場で、眼鏡の男が主張している。

世界は愛なんだよ　愛がすべてなんだよ

すると、クールな白背広が、

いやちがう！　大切なのは　自分なんだよ　じぶん　世の中に自分以上に大切なものなんて　あるはずがないッ

そこに、べろべろに酔った親父がすりより、

なーにいってんだい　ニーチャンたち　いーか　ニーチャンたち　すべてこの世は色と欲！

酒の入ったコップを持つ手が、ブルブル慄えている。

酒場の三銃士は自己の意見を声高に主張しあう。忘れ難い逸品だ。

しかし、ここまで読んでも、何が何だか分からないであろう。最後の大きなコマで、この三人に向かって矢印が引かれ、それぞれの説明がついている。一人目が《セカチュー》、二人目が《ジコチュー》、そして三人目が《アルチュー》。

思わず、膝を打つしかない。『世界の中心で、愛をさけぶ』がベストセラーになった時の作。傑作だと思った。

通じなくなったのが残念、残念。

鼻

山田風太郎といえば、どの本でも読ませてしまう、まれな作家だ。しかしわたしには、出だしでつまずき、今に至るまで読めない作がある。『八犬伝』だ。

まず『南総里見八犬伝』の筋通りに語り出される。そこから現世に舞台が移り、滝沢馬琴、葛飾北斎が登場する。まことにけっこう。さらに、洒落本の第一人者、山東京伝がやって来る。ますますうれしい――はずなのだが、何と、こう書いてある。

　いわゆる京伝鼻と世に呼ばれたような高い鼻を持ったいい男であったが、

これで嫌になってしまい、後を読む気が失せた。

山東京伝には、小学生の頃から親しんで来た。父の書棚には、『日本名著全集　江戸文芸之部』が並んでいた。さすがに洒落本は読まない。このうち、第十一巻が『黄表紙廿五種』だった。黄表紙は、江戸の漫画。岩波の『日本古典文学大系』と違って、きちんと絵を大きく刷っているから、子供でも、楽しく開くことが出来た。やがて当然、解説まで読む。そこに、書いてある。

醜男の象徴である艶二郎の牡丹鼻は京伝鼻と呼ばれるやうになつた。

艶二郎は、黄表紙の代表的作品『江戸生艶気樺焼《えどうまれうわきのかばやき》』の主人公。井上ひさしの『手鎖心中』の下敷きになっている。

京伝鼻は、黄表紙のあちらこちらに出て来る。小学館の『日本国語大辞典』で《京伝鼻》を引けば、こう書いてある。

低く上向きの鼻。文化・文政（一八〇四〜三〇）頃流行した語。

山田風太郎の『忍法帖』シリーズは、いかに荒唐無稽に見えようとも、その世界の中では、確固たるリアリティを持っている。そこに魔法がある。しかしここで魔法が破れるのを見てしまい、残念でならなかった。

京伝を語る最もポピュラーな一冊であろう吉川弘文館の人物叢書、小池藤五郎の『山東京伝』には《京伝のシンボル、京伝鼻のいきさつ》という項すらある。京伝その人は《高い鼻を持ったいい男》だったようだが、《いわゆる京伝鼻と世に呼ばれたのは、《低く上向きの鼻》なのだ。

田中優子の『江戸百夢』（ちくま文庫）の表紙で、なつかしいその鼻を見、《実際の山東京伝は細面の典型的なハンサム》、獅子鼻は《京伝のバーチャル・キャラクター》という言葉を読みつつ、昔のことを思い出した。

そしてまた、

——これだけのことで、山田『八犬伝』を読まないのももったいない。何十年ぶりかで、開いてみようか。

とも思うのである。

六代目の半七劇

五十年ほど前の夏だったと思う。わたしの父が《何か、面白い本はないか》という。父に通じる面白さでなければいけない。そこで、角川書店版『現代国民文学全集』の一冊『岡本綺堂集』を渡した。『半七捕物帳』から三十編を選んだアンソロジーである。我々のひとつ前の世代にとって、名優の代表といえば、六代目尾上菊五郎だ。古典だけ、やっていたわけではない。何と、三河町の半七親分まで演じていた。

それを知っていた父は（実際に観たかどうかは、さだかではない）、大変に喜んでくれた。岸井良衛の解説に、そのあたりのことが書かれていたからである。

大正十四年末、六代目が半七の劇化を申し入れて来たという。《折しも綺堂は、脳貧血で卒倒して、約束していた歌舞伎座や帝国劇場の初春狂言の執筆を断って静養していた際なので》、菊五郎の市村座には応じにくい。受けなかった。

市村座といえば、菊五郎と初代中村吉右衛門が、いわゆる菊・吉の名コンビとして、世の人気を集めた。ところが、その吉右衛門が松竹に移ってしまった。そこで六代目は、孤軍奮闘。お客様に来てもらえるような企画が、喉から手が出るほどほしかった。

年が明け、のちに昭和元年となる大正十五年。一度断られた菊五郎が、またも頼んで来た。綺堂は《その熱心さに負けて三月興行のために起稿することになった。一旦承諾したとなると菊五郎のことであるから、自分で出かけて来て、更に強引に二月興行に間に合わせるようにしてしまった》。

写実劇の上手な一座が、綺堂の江戸風俗絵巻のような劇を上演とあって、菊五郎を先頭に、みんなが調べたり工夫をするので、芝居は実に面白くなって、『勘平の死』から初まって、五月には梅幸も一座をして、『お化師匠』、七月は『湯屋の二階』、翌年正月は『三河万歳』と続いて評判となった。

半七ファン、ミステリファンなら、タイムマシンがほしくなる。ところが、綺堂の気が進まなくなって来た。

日記に「探偵劇はどうもむずかしい。こんなものに苦労するのは馬鹿らしいようにも思われる。呵々。」と自嘲している。探偵的興味を逃すまいとすると、芝居らしい味が乏しくなる。芝居らしく見せようとすると、肝腎の探偵的興味が薄くなる――といっている。だから、その後の『おさだの仇討』という『張子の虎』から脚色したものは、捕物の手法を使っていない。

続いていたら、舞台上に『刑事コロンボ』と並ぶ人気シリーズが生まれていたところだ。

半七親分は舞台から

前回、名優尾上菊五郎が、岡本綺堂の『半七捕物帳』劇化を懇望、ついに実現したことを書いた。

この時の舞台を活写している本があった。英文学者、福原麟太郎の『芝居むかしばなし』（毎日新聞社）である。

大正年間から昭和の初めにかけて、福原は《毎月都内のあらゆる芝居を見てあるく好劇青年》であったという。大正三年九月十二日、小劇場有楽座で観た『ロミオとヂュリエット』が、最初だった。

まことに細かい、貴重な記録だ。その終わり近くに、中村吉右衛門らに抜けられ、いかにも淋しい市村座の面々が、大正十五年二月、新橋演舞場で行った公演のことが出て来る。

《中幕「茨木」、二番目「忠臣蔵六段目（勘平腹切り）」「半七捕物帳」大切り常磐津「雨舎《やど》り」という、これも無人の一座のやつれた姿かと思っていたら、そこで飛んだことが持ち上った》。

『忠臣蔵六段目』の舞台が粗末な作りだったのだろう。そこで、《勘平が主君に申訳なしと矢庭に刀を腹に突き立てると、それが本当の刀であったものだから、本当に腹に突き立ってしまう》。

実はこれが劇中劇。《和泉屋の息子が、初午の余興として、素人芝居に六段目を演じていた》という設定――岡本綺堂の『勘平の死』だった。それと明かさずにプログラムを展開したとすれば、まことに巧い。見栄えのしない大道具もわざとであり、菊五郎も《素人の演じる芝居》を演じたのだ。

ここのところは、勘平役の六代目が非常に上手で、芝居の型どおり腹へ刀をつき刺すと、急にがっくり身体の形が死相になってくる。一瞬おやっと思った。じき舞台が廻り出したから解ったが、土間にいた本当のお医者さんが舞台へかけ上った、という演芸風聞録もあった。そういうこともあったか知れないが、私は医者がかけ上ったというのは見なかった。

宣伝のために流された風聞かも知れない。そこで半七登場となる。菊五郎の二役だ。小道具の刀を本物とすり替えたのは誰か。

菊五郎の半七は、その次の幕で事件を解決してから幕を引かせ、それをわけて幕外へ出、半七の風体のままで、半七の言葉で、こうこういうわけで、どうやら事件を「解決しました。これからもこの狂言をご縁に舞台の上で時々お目にかかるかも知れませんから、どうか、このあっしの頬の上にあるほくろを覚えていて下さいまし」と言った。なるほどよく見ると半七は左の頬の上に一粒のほくろを持っていた。

菊五郎は、舞台から、半七の姿で予告までしていたのである。

本と幸せ／北村薫の図書室

ひとつの顔

懐かしいという言葉が、すんなりと出て来ます。

写真家、田村茂の仕事、特に文筆にかかわる人物写真を厳選した一冊です。そのページの間から、どうして《懐かしい》という言葉がこぼれて来るのか。思えば、作家の仕事場は自宅であり、多くの人が和服を着ているのです。わたしの父も、昭和三十年代まで、家に帰って来ると背広を脱ぎ、着替えたものです。そうしないと、くつろげなかった。昔の人はそうでした。わたしにとって、見上げる和服の大人とは、誰よりもまず父でした。そこでこの本を開くと、不思議な窓から、過ぎ去った時の彼方を覗くような気分になるのです。

本の谷間にいるような牧野富太郎、斜め上を睨む獅子文六などなど。それぞれ個性が光ります。

家の様子も、時代を感じさせるものです。徳川夢声の後ろの障子は破れていますし、太宰治が顎に左手を当てポーズを取る背景のふすまには大きな染みがある。

まだ蛍光灯のなかった頃、六十ワットの電灯の光が広がるわたしのうちのふすまにも、確か、こんな染みが広がっていました。

その太宰を撮った一連の写真は、死の四か月ほど前、彼の暮らす三鷹でのものです。

玉川上水、跨線橋、踏切、本屋、飲み屋、自宅。それぞれ、太宰を雄弁に語る画像として、さまざまな本に使われ記憶に残るものが多いのですが、全二十七枚、書籍での完全収録は、今回が初めてだといいます。

さて、この本の中で、猫と一緒に写っている作家が何人かいます。久保田万太郎は、膝に置き微笑んでいます。これはまあ、普通の写真。しかし、別の若い作家は、猫の首筋に手をかけ抱きかかえている。ひとつになろうとしているようです。

その目は、世界のことを捨て去ったように愛するものだけを見つめ、口元はほどかれたように緩んでいる。大人の写真の群れの中に、ただ一人、あどけない子供の顔が紛れ込んだように思えます。

向かい合った左のページには同じ人が同じセーターを着て、階段に座っている。指の煙草のせいだけではなく、こちらは、はっきり青年の顔をしています。それは太宰治を嫌悪したことで知られる三島由紀夫の顔です。

『猫百話』柳瀬尚紀編（ちくま文庫）中、越《え》次倶子《つぐともこ》の「猫と文学者」には、《三島はただただ猫が好きでございましたね》と語る母の言葉が収められています。《結婚してからは、瑤子さんが嫌うものですから。家に入れることができませんで、私の方で預っておりました》。しかし、猫は三島に会いたい。

　夜中の十二時になって周囲の人たちが寝静まりますと、二階の書斎の窓を叩くんだそうです。それで三島は机の引出しに煮干しを入れておいて、『チル』が来るとそれを出してやるのが楽しみだったんですけれど、ある時、机の中の煮干しをお手伝いさんに見つかり、瑤子さんに伝わりまして、たいへんに彼女が怒ったそうでした。それで三島は『チル』が来ても何もやるものがない、と言って、私の家の方に、出かけるときとか、夜眠る前に訪ねて来ましたとき、猫と遊んでおりました。

《書斎に『チル』が訪ねることがあれば三島はもう抱きかかえて離さなかったですよ。そんな様子をみるにつけても私は息子が哀れに思えてなりませんでした》といいます。
その三島の、幸せのみを知る楽園にいるような顔が、ここに、ひっそりと隠れているのです。

『素顔の文士たち』田村茂写真／河出書房新社

わくわく、どきどきの一冊

役者が見せるのは舞台の姿、楽屋内は見られたくないでしょう。しかしながら、覗きたくなるファンがいても不思議ではありません。

以前、保育社のカラーブックスというシリーズがありました。その名の通りカラーページの多い、見て楽しいものでした。読んでいた方も少なくないでしょう。

中学時代、わたしが愛読した巻が菊地貞夫の『浮世絵』です。《きぬきぬのわかれ＝きぬぎぬのわかれ》という言葉を初めて知ったのもこの本によってです。

春信、写楽、歌麿……と続く有名どころの絵と並んで、忘れ難い一枚がありました。勝川春章の「楽屋内市川団十郎」。顔に隈取りをしたまま長煙管を手に《楽屋で劇作者と打合わせをする》団十郎が描かれています。《自身の好きな俳優のすべてを知りたいという大衆心理を巧みにとらえた版画》とのこと。

——江戸の昔、こういうものまで作られていたのか！

と、思いました。

しかし、今回、話題にしたいのは浮世絵の本ではありません。秀明大学学長であり、近代文学の署名本や草稿などの収集家として名高い川島幸希氏の、読み始めたらやめられない一冊です。

中に、ブックコレクターが最も欲しがるのは、作家自筆の完成原稿だと書かれていました。夏目漱石の場合、書簡ならおよそ二千五百通もある。《お金さえ出せばいつでも入手できる》。一方、完成原稿は、この世にひとつしかない。まず、手に入らない。

ところが、それが《原稿》というだけなら可能になる。なぜか。《途中でやめたり、書き損じたり》した《反故《ほご》原稿》があるからです。漱石の場合、『道草』と『明暗』のそれが大量に存在します。その成り行きが語られています。

これが芥川龍之介となると資料保存に熱心だった親族の努力により数多く残り、太宰治の場合は書棚としたリンゴ箱に貼られていた反故原稿が没後十年以上も経ってから剝がされ復活した——といった具合です。

書き損じまで見たい——というのは、楽屋を覗く心理につながります。しかし、それだけではない。

川島氏はいいます。《作品の生成過程や作家の思考の移り変わりをたどる意味でも軽視することは許されない》のが反故原稿だ、と。その通りでしょう。

中村明の『作家の文体』（ちくま学芸文庫）の中で井伏鱒二は、語尾の直し方を知るため志賀直哉の生原稿を見た、といっています。原稿がデータの形で送られる現代では感じ取れない作家の息づかいが、書いた文字からは、うかがえるのです。

『直筆の漱石』の、目次を引きましょう。

第一章　新潮社の宝石
第二章　スコットランドからのはがき
第三章　シベリアを横断した寄贈本
第四章　新聞を切り抜いた漱石
第五章　原稿の裏の「落書き」
第六章　奇跡の発見

いかがです。読みたくなるでしょう。

漱石がイギリスからよこした葉書の署名《夏目金之助》、その横に書かれている《なかお》とは何かという謎解きに胸がおどります。

神保町の古書店三茶書房。そこにまとまって入った漱石の署名本が、どこから出たものかも書かれています。誰もが知っている作家の名があがります。わたしは、あっといいました。

漱石の新資料発見は、研究者にとって大いなる夢でしょう。それがネットの通販サイトに出たまま、ずっと見過ごされていた話には、皆さんも思わず、

——時計の針を戻してくれたら、自分がすぐに買うのに！

と、切歯扼腕することでしょう。

『直筆の漱石　発掘された文豪のお宝』川島幸希／新潮選書

百聞は一見に

『くらべる京都』は、『目でみることば』シリーズの最新刊です。

まず、この本の「おわりに」を見てみましょう。こう書いてあります。

「京都」と題する本において、千葉県の鴨川市や埼玉県の嵐山渓谷に行ったのは、我々が初めてではないでしょうか。

どういうことでしょう。

さてその前に、実はおすすめなのは、このシリーズ全体。二冊目が『目でみることば2』。その表紙を見たら、たいていの人は驚くはずです。

《長いものに巻かれろ》という言葉があります。碩学折口信夫先生は、質問された時、蛇のことだろうと答えています。普通はそう思う。ところが、この本

の作り手は調べた結果、象だという。そこで終わらない。

——じゃあ、巻かれてみよう。

と、なる。

そう、『目でみることば2』の表紙は、人が象の鼻に巻かれている写真なのです。

その他、

——それが、関の山だよ。

という《関の山》も、調べて撮りに行く。どんな写真だと思いますか。ほら、見たくてたまらなくなるでしょう。

『目でみる……』から『似ている……』『くらべる……』と、旺盛な探求心はとどまるところを知りません。

『くらべる日本　東西南北』の表紙は、スコップとシャベル。わたしは、二十歳の頃、関西の方と話していて、西と東でその言葉の指すものが違うと知り、驚きました。まさにそれが取り上げられているのです。

『くらべる値段』では300円のかまぼこと3600円のそれ、などなどを見事な写真で見せてくれます。大事なのは、安いものを笑うような精神では作られていないこと。それぞれの特質を、友人を紹介するように示してくれます。

さて、『くらべる京都』はどうか。各地で見る狛犬に対し、京都には護王神社の《狛いのしし》と、大豊神社の《狛ねずみ》がいるそうです。一目瞭然。開けば、左右のページから両者が見合っています。

さらに京都の《メロンパン》は全国のそれとは違う。どういう形かは見てのお楽しみ。では、普通のそれを何というのか。関東のわたしはびっくり。《サンライズ》ですって！　その両者がこれまた見開きで顔合わせし、我々を楽しませてくれます。

雄弁なカラー写真の力により《川床《かわどこ》》と《川床《かわゆか》》、《中二階》と《総二階》の違いも、単なる語句の説明にはなりません。町歩きをしていて、それらに行き当たったように見られるのです。

ここまでくれば、「おわりに」の意味も分かりますね。作り手の飛翔する心は、京都市内にとどまりません。

この本を手に取れば、千葉県鴨川市内を流れる《加茂川》と、京都の《鴨川》を、見比べることができます。名前の由来も説明されています。勿論、京都の《嵐山》と埼玉の《嵐山渓谷《らんざん》》も。まだまだあります。嵐山の《渡月橋《とげつきよう》》は有名ですが、伊豆には《渡月橋《とげつばし》》があり、千葉県には《祇園》という駅が……。

こういっても、これは決してマニアックな、あるある本ではありません。深く見る、飲む、食べる、買うの手助けになる、親切な案内書です。
そして移動の難しい昨今では、実際に出掛ける前に、まずは自宅で、京都のひと味違った魅力を楽しめる本にもなっているのです。

『くらべる京都』『目でみることば2』岡部敬史 文、山出高士 写真／東京書籍

生きている「仕事」

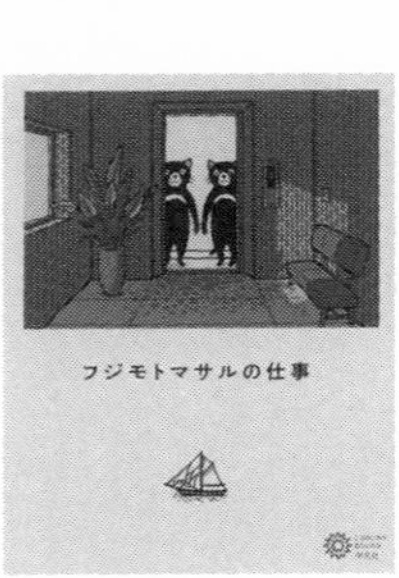

六月十三日の朝日新聞に、こんな記事が載りました。見出しは《コロナ　しごとにほこり》。

キミのじまんのかぞくは、コロナのじまんのしゃいんです――。暖房機器メーカー「コロナ」（新潟県三条市）は13日、社員とその家族向けのメッセージ広告を地元紙の新潟日報に掲載した。（中略）

「もし、かぞくが、コロナではたらいているということで、キミにつらいことがあったり、なにかいやなおもいをしていたりしたら、ほんとうにごめんなさい。かぞくも、キミも、なんにもわるくないから。わたしたちは、コロナというなまえに、じぶんたちのしごとに、ほこりをもっています」などの内容。

コロナは、太陽や月の光冠。本来は、輝かしい言葉です。困難な状況の中、その名前に、仕事に、誇りを持つ方々は、出版界にもいらっしゃいます。

素晴らしい本を世に送り出してきたのが、平凡社コロナ・ブックスです。本年四月、その一冊として『フジモトマサルの仕事』が出ました。

フジモトさんの作品を、どこかで見かけた人は多いはずです。本でいえば、『夢みごこち』（平凡社）、『二週間の休暇』（講談社）など。また、単独のお仕事以外でも、『村上さんのところ』村上春樹（新潮社）や、『にょっ記』穂村弘（文藝春秋）などなどの、魅力的な装丁装画のお仕事があります。

この本の帯には、こう書いてあります。

2015年に亡くなった漫画家／イラストレーターのフジモトマサルは、音楽と酒を愛し、読書をよくし、映画に詳しく、車が好きで、オシャレで、料理上手だった

そして、村上春樹、穂村弘、糸井重里、森見登美彦、長嶋有、ブルボン小林、及川賢治などの方々の文章が並んでいます。いかに、フジモトさんが、多くの

人々に愛されていたか分かります。

勿論、作品、さらに、ロングインタビューやエッセイまで収められています。フジモトファンにも、これから読んでみようという方にも嬉しい本です。

わたしとフジモトさんの出会いは、雑誌『小説新潮』を開いた時でした。そこに、「しりとり漫画」というページがあったのです。四コマで、例えば起承転が「艱難辛苦―空虚―弱り目に祟り目」と続く。そして、結が――「飯の種」。しりとりで運びながら、見事な終わり方をする。文字で読んでも、何が何だか分からないでしょう。

しかし絵を見ると、

――そうか!

と、膝を打つのです。

個性的で得難いセンスとの出会いでした。この人の作品を、もっともっと知りたいと思いました。

それから五、六年経ち、新聞から、本の紹介を依頼されました。お気に入りの三冊をあげるのです。対象となった本の作者を、和田誠さんがい、い、い、イラストで描いてくださる。わたしは、フジモトさんの本を並べました。素晴らしいからですが、あわせて、イラストレーターであるフジモトさんが喜んでくださるのではないか——と思ったのです。
今回、フジモトさんの年譜を見ていくと、《2012年》のところに、こうありました。

毎日新聞・1月8日東京朝刊「今週の本棚」に北村薫による書評が掲載。和田誠に似顔絵を描いてもらい感激する

胸が熱くなりました。

『フジモトマサルの仕事』コロナ・ブックス（平凡社）

中学時代の宝物

今回もまた、平凡社コロナ・ブックスからご紹介します。絵と写真と文の融合がまことに豊かな一冊、『赤羽末吉　絵本への一本道』です。

五十歳での遅いデビュー作『かさじぞう』から始まり、そこにいたる赤羽の歩みが、豊富な資料を使って紹介されます。何より、見て楽しい。

絵本作者の名前を意識しない方でも、『スーホの白い馬』といわれれば、その画面を懐かしく思い出されるのではないでしょうか。そうです。あの名作の生みの親が、赤羽末吉なのです。

この本によって、赤羽の色が、簡単に頭の中で作られたものではないことを知り、

——なるほど、だからこそあれだけの世界が広がるのだ。

と、大きくうなずきました。

大陸の乾いた大地も、雪国の風土も、作者の心に深く結びついたものだったのです。

ところで、赤羽は中学時代、毎週のように映画館に通ったそうです。

大きな影響を受けたのが十五歳で観た『ジークフリート』だ。スチール写真を宝物のように持っていたが戦争のどさくさでなくし、後に恐竜退治の場面を何枚も絵に描いている。この映画が絵本の道に入ったきっかけのひとつだったのではと、後に語っている。

そう書かれています。一九二五年、といいますから大正十四年、翌年から昭和になります。本ではここに、その映画の一場面と、赤羽が思い起こして描いた絵が収録されています。具体的に見られるのが、実にありがたい。

この『ジークフリート』はフリッツ・ラング監督による歴史的名作。以前、テレビで放映されたことがあります。気になり録画したのですが、そのままになっていました。今回、あっと驚き、じっと待っていたようなそれを再生、恐竜退治の場面を観てみました。

——もうちょっとで、百年も前になろうかという遠い昔、中学生の赤羽末吉が、これを観て、魂を慄わせたのか。

そう思うと、特別な感慨がありました。

今の映画はカラーで、驚くほどの技術で映像作りがなされます。それに慣れた現代の中学生は、この画面から同じような感銘を得られるのか——それ以前に、白黒映画をじっと観ていられるのか。

大正十四年には、画像が動くというだけで人を魅きつけるに十分だった。その頃の映画館で遠い国の映画を観るというのは、今では考えられないほどの胸おどる異世界体験だったに違いありません。だからこそ画像は、中学生の深いところにまで届いた。

夕暮れとともに闇が降りて来た昔に比べ、現代が得たものは数多い。一方で、失ったものもある。甘すぎるものでないとおいしいと感じない——いやおうなしに、そんな感性が育っているのではないかと怖くなります。

さて、赤羽の数多い民話絵本は、それぞれ忘れがたいのですが、わたしにとっては、子供と一緒に何度も見た『おおきな　おおきな　おいも』に、ここで再会できたのが、とりわけうれしいことでした。

雨でいもほり遠足に行けなくなった時、子供たちが模造紙をつなげて、絵を描き始めます。先生がいいます。

どんな　おいもが
　できたかな

そこから、自由で豊かな世界が広がります。見ているうちに、この絵本のページをめくった遠い日々がよみがえってきました。

『赤羽末吉　絵本への一本道』コロナ・ブックス（平凡社）

室生犀星が観た映画たち

亀鳴屋《かめなくや》を知ったのは、伊藤人譽《ひとよ》という作家の本を、もっと読みたいと思った時です。普通の書店には、ない。ところが、石川県にそれを出している個人出版社があったのです。

ご主人が、自分がほしい本を、自分が手にしたい形で作っている。一般の流通には乗らない。買いたい人はインターネットを見て、直接、注文する。現代だからこそ出来る営業形態であり、本好きには、宝の蔵のようなところです。

大喜びで、『上司小剣《かみつかさしょうけん》コラム集』なども買いました。これも、うれしい本でした。

その亀鳴屋から、昨年秋に出たのが、『犀星映画日記』(室生洲々子編)です。

前回、『スーホの白い馬』などで知られる赤羽末吉が、中学時代毎週のように映画を観ていたことを書きました。

昔、映画とは、必ず家から出掛け映画館の闇に浸って観るものでした。茶の間で、時には早送りさえしながら眺めるものとは違います。かつて映画館とは、不思議の詰まった箱だったのです。

百年の時と百人を超える数の文学者たちの、映画に関する文章を集めた大冊に、深夜叢書社から出た『キネマの文學誌』（齋藤愼爾編）があります。

巻頭は石川啄木の「明治四十一年の日誌より」。八月、啄木は金田一京助と浅草に遊び、《キネオラマなるものを見》、《ナイヤガラの大瀑布》に涼気を感じています。

続くのが漱石の《日記より》。明治四十二年七月、子供が活動写真に行くと、やっていたのが『不如帰《ほととぎす》』。愛する夫を残して死んでいくヒロイン。《さうしたら常子が泣いたさうだ。常子は九つである。どうして泣けるか不思議でならない》と首をかしげる漱石。

明治の末から次第に、生活の中に映画が入って来たとわかります。

一方、この『犀星映画日記』の方は、題が示す通り、室生犀星の日記や、随筆の一部をまとめたものです。

わたしたちは、犀星の視点で銀幕と共に、大正十三年から昭和三十一年までの、時の流れをも見つめることになります。

昭和二十七年一月二十二日には、

山王映画館に動物の映画を見に行ったが、横に太い縞のある、長ったらしい蛇を見たが、蛇もこれほど長くなると、長いほどみごとな気がした。ライオンは百姓爺のようなつらをして、ボロを下げていた。虎はうそつきのように美しい。

いかにも詩人らしい言葉です。
四月十七日には、

きょうはみそらひばりという少女のうたがきける、この少女のうたには早くも頽廃《たいはい》のきざしと、投げやりなやけくそのようなところがあって、それが面白くきけるのである。

このほか、世間の定評とは違う意外な感想もあり、また、そこに妙味もあります。
武藤良子によるイラストと、それを生かした本作りが素晴らしい。手にしてうれしい一冊です。

巻末に、服部滋の「犀星、映画に行く」という「私注」、室生洲々子の「あとがき」が付されています。

《龜鳴屋》でなく、新字の《亀鳴屋》で検索しても、すぐにたどりつけます。読者の中には、パソコンで買い物はしない——という方もいらっしゃると思います（実は、わたしもそうなのです）。電話による連絡方法も出ていますから、安心です。

『犀星映画日記』室生洲々子編／龜鳴屋
☎・FAX 076-263-5848
メールアドレス info@kamenakuya.main.jp

主題と変奏

一昨年の暮れ、東京で、ある美術展のパンフレットを見つけました。黒い服を着た女性の後ろ姿が描かれている。顔は見えないのですが、髪と服との間の襟足が印象的でした。

『ハマスホイとデンマーク絵画』展。東京都美術館で一月下旬から二カ月ほど開かれる。

——行ってみよう……。

そう思っているうちに、東京に出ることが難しくなってしまいました。

どこかに隠れてしまったような、その画家の絵と、昨年、思いがけない形で再会することになりました。遠藤周作の短編集『影に対して　母をめぐる物語』（新潮社）の表紙が、まさにそのハマスホイだったのです。

椅子に腰掛け、うつむいている女の人の後ろ姿。ドアが開かれ、隣のがらんとした部屋が見え、その先の開いたドアの先から光がさしています。

遠藤周作の新しい短編集が編まれるのは思いがけないことでした。二〇二〇年に発見された未発表の『影に対して』を中心に、母を主題とした作品で構成されています。

神と、そして母とは、遠藤にとって終生抱えた大きなテーマでした。完成されながらも発表されなかった作品。そこには、書かねばならぬのだがこの形は違う——という思いがあったのでしょう。読んでいてさえ、胸が苦しくなるようなところがあります。おそらくは書き終えてみれば、父についてこれほど筆をついやす必要はない、これは母の物語だ——と感じたのではないでしょうか。

ともあれ、作品が作家の手を離れた今となれば、この『影に対して』をも含め、大きな主題がどのように変奏されて来たかを読む時が来たといえるでしょう。

集中には、欠かすことの出来ない作品『母なるもの』がとられています。新潮文庫にはすでに短編集『母なるもの』があります。しかし、今度の短編集と重なるのはその一作だけです。

いうなれば、この二冊はひとつの蝶番《ちょうつがい》であり、中央の回転軸に短編『母なる

『神』の方に開くと短編集『影に対して』となり、《神》の方に開くと短編集『母なるもの』になるのです。あわせて読まれると、よいのではないでしょうか。

なお、『影に対して』の付記にある通り、これらは小説であり、事実そのものを語るものではありません。より真実に近づくために、創作の方法がとられているのです。

最後の『還りなん』では、昔のカトリックの決まりにより土葬されていた母を、改めて火葬し骨壺におさめたことが語られます。亡くなった兄や、やがて逝く自分と同じ墓に入ってもらうためです。

その後、事実として遠藤はどうであったか、遠藤順子夫人の『夫の宿題』（PHP研究所）に書かれています。作品については作品そのものが語ります。ここに、その事実を引いておきましょう。

主人は母を自分の家へ連れて帰ってこられたことで、嬉しくて嬉しくて堪《たま》らないのです。本当に母が生きているのとまるで同じ気持ちなのが、私にも手にとるようにわかりました。とにかく真っ先に音楽会に連れていってあげたいのです。外国からいい演奏家がきている音楽会をみつけては、お骨の箱を風呂敷でしばり、それをさらにビニールの袋に入れて音楽会へでかけるのです。
演奏中膝にのせたまま休憩になってもロビーへは出ないので知らない人は、「あの人は何をあんなに大事そうに抱えているのか」といぶかしく思われたことでしょう。

『影に対して　母をめぐる物語』遠藤周作／新潮社

夏の日々

一昨年十月、沖縄の首里城が焼け落ちたと知り、大きな喪失感におそわれました。それから一年経った十月には、大城立裕の訃報を聞くことになりました。大城が『カクテル・パーティー』で、沖縄初の芥川賞を受賞したのは、もう半世紀以上前のことになります。うちの父は沖縄の学校に奉職していたことがあり、大城の受賞を心から喜んでいました。

わたしの記憶にあるのは、テレビの画面。石垣島で気象観測に従事した人物の物語が、NHK夜の銀河ドラマとして放映されました。父が観ていて、わたしも時にその脇にいました。すさまじい暴風雨の場面もありました。『風の御主前』。主演が高橋幸治、土地の老人役で加藤嘉が出ていたのを覚えています。方言の《御主前》は、読むのが難しい。ドラマの中では、主人公に対しての呼び方になっていたと思います。ナレーターが、

――うしゅまいは……

と、語っていたのが耳に残っています。皆さんの中にも、

――ああ、それなら観た。

という方がいらっしゃるでしょう。あの原作者が、大城立裕です。

大城は、沖縄についての多くの作品を書き、九十五歳で亡くなる直前まで、

――今度は、首里城のことを書きたい。

と、いっていたそうです。昨年、五月に出た『焼け跡の高校教師』が最後の本になりました。大城は二十二歳で野嵩《のだけ》高校（現在の普天間高校）に着任、二年間、教鞭をとりました。《私の人生のなかで、最も輝いていたのではないかと、いまでも思っています》という日々が、回想されます。


三年の最初の授業がはじまって、「起立、礼」と号令をかけた級長の顔を見て、私はひそかに緊張した。教室の左半分に男生徒、右半分に女生徒がいるが、みな目が輝いていて、級長である男生徒にはうっすらと髭《ひげ》の剃《そ》り痕《あと》さえあるではないか。いかにも大人の風貌で、これはかなわない、という緊張が走った。

終戦直後で、沖縄で、となれば、足りないものは、たくさんあったでしょう。

しかし、だからこそ作るという豊かさがありました。

不足していた教室も自分たちで作りました。生徒が刈って来た萱で屋根を葺いたのです。バスケットをするにもボールはひとつ。先生の机の下に置かれたそれを持って行って、練習するのです。当時、生徒たちが作った作文や短歌も多く引かれます。

読み終えると、舞台が沖縄であるから――だけでなく、描かれる毎日がきらきらした夏であったような気になります。その日々については読んでいただくのが一番。ただ大人の団体もまじえた演劇コンクールの、結果発表の場面だけ、ご紹介します。

> 「一等、野嵩ハイスクール、『青い山脈』」
> (中略)楽屋で皆が確かめあう目をした。私は涙ぐんだ。
> 「夢ではないかなあ」
> 　と、無邪気に首をかしげる者もいた。

もし未読でしたら、この後、『*カクテル・パーティー』をお読みいただければと思います。
作品の途中から《私》が《お前》になることにより、読者はこれが、遠くにある問題ではないと知らされます。また大城立裕は、被害者としてだけでなく、加害者としての面について語ることも、決して忘れないのです。

『焼け跡の高校教師』大城立裕／集英社文庫
＊『カクテル・パーティー』は岩波現代文庫に。また集英社文庫『セレクション戦争と文学8　オキナワ　終わらぬ戦争』などに収録。

ところ変われば

ある雑誌のコラムに、近藤聡乃《あきの》の『ニューヨークで考え中』（亜紀書房）のことが出ていました。紹介者は田中香織さん。《さて本書は、「コデックス装」という製本様式で作られている》と書いてありました。

――「コデックス装」？

調べると、普通の書物の形式となっていました。

――普通なの？

と思ってしまいますが、これは大昔の《巻物》に対して、折った紙を綴り合わせ、いわゆる本の形にすること。だから《普通》という説明になるのですね。しかしながら現代では、なかなかお目にかからない。

背表紙が糸でつづられていて、本を開くと2ページが一枚の絵のようにし

っかりと見える。おかげでとても開きやすい。

担当編集者の、どうしてもそうしたいという意図があったのです。元がwｅｂ連載の《見開き2ページのエッセイコミック》。だから、《掲載時の状態を紙でも再現したかった》そうです。

二〇〇八年、著者が文化庁の「新進芸術家海外研修制度」研修員に選ばれ、ニューヨークに着いたところから始まります。エッセイコミックという表現手段は、海外生活を描くのに適しています。日本との違いが、見て分かる、百聞は一見に――だからです。

わたしが読むのは、紙の本に限ります。パソコンの中にある限り、目に触れることはなかった。こうして出会いの機会が与えられたのは、まさに縁。

「いいですよ、とても！」

という声を、身近な人からも聞きました。紹介文にも《絶妙な塩梅のおもしろさ》とあります。《絶妙》さを味わってみようと手に取りました。大当たり。見る目と、受け止める心と、圧倒的な画力を持った人の本でした。

ニューヨークは、わたしが一生行くことのない街です。行かれた人には懐かしく、わたしには物珍しい世界が広がっていました。

駅の時計など、日本にあって、ニューヨークにないものが列記されています。

しかし、なくて不便なものの第一位は、ちょっと想像できない。

――薄切り肉。

ですって。だから、生姜焼きも豚汁も牛丼も、手軽にはできない。

そういうことを語るのには、活字ではない手書きの文字がふさわしい。

もちろん、日本にないものもある。

夜遅く入った店で、《何か　軽めのものが　食べたいな》。そこで薦められて聞き返します。

――「マッツァボー」？

夏目漱石の『吾輩は猫である』には《トチメンボー》という料理は何だ――というくだりがあります。そんなことも思い出します。さて、《運ばれて来たのは　スープの中に「大きな丸」が鎮座している、といったふうなもの》。ひと口食べた著者は、

おいしい！　こんなにインパクトがあって　こんなにおいしい料理がなぜこんなに無名なのだ!?

――いや、私が知らなかっただけで、有名なユダヤ料理なのである。

食べたくなりますが、とりあえずは、絵で見られるだけでもありがたい。三巻まで出ましたが、これは最初から続けて読んでほしい。ゆるゆると、しかし確実に流れる時間が描かれているからです。三巻に至って、ニューヨークという日常の中に、思いも寄らぬパンデミックの波が押し寄せます。そして著者は、さまざまなことを考えます。今までの巻に描いたあれこれを。読む者も、その思いを共にすることになるのです。

『ニューヨークで考え中』①②③　近藤聡乃／亜紀書房
（＊2023年7月に④巻が発売）

音楽を求めて

『赤毛のアン』には、アイスクリームが出て来ます。それが、どれほどアンの心をわくわくどきどきさせたことか。

まだそれを知らなかった、日本の中学生（だったと思います）が、修学旅行で、生まれて初めてアイスクリームを食べました。おいしい。

——弟や妹にも食べさせてやりたい。

おみやげに買ったところが、残念、溶けてしまったといいます。

それを、馬鹿げたことと思うなら、時代は豊かさのかわりに、別の豊かさを失ったのではないでしょうか。

古代エジプトの都アレキサンドリアは、ないものは雪ばかり——と栄華を誇ったそうです。逆にいえば、そこでもアイスクリームは賞味できなかった。

——しかし、今のぼくたち、わたしたちは食べられる！

テレビから流れて来る「アイスクリームの歌」に、そういうときめきを感じたのは、随分、昔のことです。さとうよしみの作詞。そして、作曲は服部公一でした。

服部は、阪田寛夫作詞の「マーチング・マーチ」(一九六四年)で日本レコード大賞童謡賞に輝いています。その服部が、自分のこれまでを振り返ったのが『童謡が輝いていた頃 アイスクリームの歌の自叙伝』です。

「まえがき」で、日本の童謡の歴史を振り返った服部は、ほかならぬその日本レコード大賞童謡部門が、一九七四年になくなったことに触れます。そして豊かになると共に、変わってしまったもののことを考えています。

著者紹介には、作曲家、エッセイストとあります。わたしには、強い印象を受けた服部の文章があります。見事な文章を書かれる方だと思っていました。その人の書く自叙伝ですから、一気に読ませる力を持っています。

内容のご紹介より先に、最後の章で語られる熊倉一雄のことに触れておきましょう。服部は、黒柳徹子や熊倉と仕事をすることがあった。ところが、挨拶をする熊倉の言葉が妙でした。話が食い違う。

どういうことか。

熊倉は服部を「青い山脈」や「山寺の和尚さん」などで知られる服部良一の

《ご子息》と間違えていたのです。服部良一と服部公一。共に作曲家。これは無理のない思い込みです。

ちなみに、服部良一のお子さんの作曲家は、服部克久（こう書いていても、ややこしいですね）です。

おそらく、読者の中にも混乱する方がいらっしゃるでしょうから、まず書いておきます。

服部公一は、管弦楽、室内楽、合唱曲など多くを作曲。東京家政大学大学院教授、同付属幼稚園長、ユネスコＩＭＣ日本代表などを歴任しました。

昭和生まれですが、この自叙伝は何と明治生まれの祖母タキのことから始まります。

昔々の山形県でのこと、小学校にやって来た足踏式オルガンを弾ける人がいなかった。しかし、音楽に興味を持っていた少女タキは、それをなんとか弾きこなしたのです。そして、山形の師範学校でピアノと出会い、ますます、

――西洋音楽を学びたい。

と、思うようになりました。

そこからの展開は、まさにドラマのようです。東京音楽学校における日本初のオペラ上演の際、ピアノ伴奏をするケーベル先生の助手は、何と、師範科学

生だったタキでした。

タキはやがて、東京美術学校で学ぶ服部喜一郎と結ばれます。

その孫、公一の登場。十九歳で山形フィルハーモニー交響楽団を指揮する、彼の写真もあります。恵まれたとはいえない環境の中で、どうやって現在の服部公一になっていくのか。

ページをめくる手が止まりません。


『童謡が輝いていた頃　アイスクリームの歌の自叙伝』服部公一／音楽之友社

葉っぱの命

去年の夏のことです。NHKで『ニッポンぶらり鉄道旅』という番組をやっていました。「奇跡の出会い」という副題がついていました。

JR中央線立川に、ツタのからまる建物があり、その二階のアトリエでおよそ四十年にもわたり、千点に近い作品を描き続ける人が紹介されました。自らを葉画家《ようがか》という、群馬直美さんです。

絵の対象となるのは、――葉っぱです。葉脈の一本一本まで、細かく再現していく、気の遠くなるような作業が続きます。パールホワイトの絵の具で、日差しの照り返しまで描きこまれる。

群馬さんはいいます。

――生きとし生けるものの生命力が、ここにある。このキラキラ感は、わたしにとって大事なものです。

どうして、葉っぱばかり描くようになったのかと、聞かれると、

――美大の学生だった頃、世界で一番美しいものを作ろうと思い、三カ月かけて完成させたオブジェがありました。それを見た小学生が、こわい――といって泣いたのです。美しいものとは何か。そこで、創作の手が止まってしまいました。何も描けなくなった。そういう時、公園の緑を見ました。太陽の光が葉を透かして見え、はっとしました。この感覚を人に伝えたいと思いました。

それこそが、奇跡の出会いだったのです。

群馬さんの絵と文からなる『葉っぱ描命《かくめい》』には、最近の作品「神様の仕業―下仁田ネギの一生―」が収められています。この作品は、英国王立園芸協会主催の「RHSロンドン　ボタニカルアートショー2019」で、最高賞を受賞したそうです。――なるほど、そうだろう、と頷ける、素晴らしい作品です。

群馬さんは、この本の中で、お父様が逝ったことを語られています。《父にいただいた命で　私は葉っぱの絵を描いている》と。

「下仁田ネギの一生」は、二月の、小さな小さな苗の赤ちゃんから始まります。四月、仮植えされる、優しい色の、少年のようなネギ。

ページをめくりつつ、わたしたちはまさに命そのものを見ていると思うのです。

植え替えられ、次第に成長していく姿。収穫期のネギには、立派になったね――と声をかけたくなります。

枯れ葉ネギに向かって、群馬さんはいいます。

――歳をとり皺だらけになっても、みんな中身は純白で瑞々しいのだ、きっと。

と。

中の「4月24日 花」の絵には《緑色の部分は繊細で少し触れただけで痕がつく。この花の軸についた痕跡は、大澤さんと私の手の痕》という言葉がついています。

《大澤さん》は農家の方。群馬さんは『ニッポンぶらり鉄道旅』の中で、《農家さんと、描いている私と、ネギ自体の、三つの命があわさって、一枚の絵ができあがった》と語っています。指の触れた《痕》までもが、描きとられているのです。

群馬さんの作品は原寸大が多いのですが、この本の前から中の方には、大きく拡大された植物の姿も描かれています。

わたしは、小学校にもあがらない小さい頃、家の近くで、ネコヤナギを見つけました。手ざわりが不思議で母に告げた時、まさにそれしかないという、名前を教えられました。今、群馬さんの絵を見て、遠い昔が、あざやかによみがえりました。
多くのことを思わせてくれる一冊です。

『葉っぱ描命《かくめい》』絵と文…群馬直美／燦葉出版社

稽古はしません！

映画『日日是好日』が公開されたのは、翌年から令和になる平成三十年秋でした。目前の九月半ば、映画で、茶道の先生を演じた樹木希林の、死去が報じられました。

評判になった作品ですから、ご覧になった方も多いと思います。原作『日日是好日』が、いかにして映画という、もうひとつの命を持つに至ったか。作者森下典子が、そのことを書いたのが、この本です。

映画を観た人にも、観ていない人にも、原作を読んだ人にも、読んでいない人にも、とても興味深く読めます。

巻頭のカラーページが、うれしい。舞台となった家、茶室のセットが紹介されています。まずそこで驚かされます。

《稽古場の長押の上に掛けられた扁額》の写真があります。日日是好日——という文字。その《「書家」は、当時小学五年生の女の子》だといいます。《樹木さんが、『額を書かせたい人がいる』と、おっしゃって……》。

樹木さんが見込んだということは、ただの書家ではない。書道界の反逆児か、前衛アーチストか。よほどの異端か破天荒か……。そんな言葉が頭の中で飛び交う。とにかく、平凡ではすまないだろう。

ここは茶室だ。心静かな場所だ。ふつうは禅宗の高僧か、茶道の家元の書などが掛けられる。あまり人を驚かすようなものは馴染まない気がする。

その書を見た瞬間、著者は《思わず呻《うな》った》。樹木希林の言葉。

「この子はね、字を書きたくて書きたくて仕方がないの。すごい素質がある。だけど、書は習っていない。習ったらこの字は書けないの」

その書を見られる――という喜びがあります。

茶道をやっている方、関心を持たれている方なら、より深く味わえる本ですが、それだけに限らない。

映画というものがどう作られるのか、それを知ることができる。その進み具合が実に興味深い。製作の流れに立ち会えるのです。

しゃべり過ぎてはいけませんから、具体的には述べませんが、たとえば、セットのことひとつとっても、びっくりさせられます。映画を観た方なら、スクリーンに展開された四季のうつろいが、どのようにして作られたかを知り、目を丸くすることでしょう。

監督、スタッフがどうやって仕事と向き合っているのか、映画とは、これほどまでの覚悟と熱意で作られるものなのか。そして黒木華、多部未華子、樹木希林たち、キャストのことに筆は及びます。

中でも、樹木希林についてのエピソードは凄みすら感じさせるものです。

役は茶道の先生。薄茶は基本。

だが、濃茶になると、茶入れの扱いも、抹茶の分量も、点て方も変わり、点前が複雑になる。特に、映画で樹木さんがする初釜での濃茶の点前は、及台子《きゅうだいす》という大棚を飾り、金と銀の茶碗を重ね、いっそう手順が複雑だ……。

なのに、樹木さんは一度も稽古をしていない。

「早く、濃茶の稽古をさせろ」

監督が、助監督の森井さんをせっついている。《中略》控え室の中から、

「稽古はしません！」

と、声が聞こえた。


さて、どうなることでしょう。

『青嵐《せいらん》の庭にすわる　「日日是好日」物語』森下典子／文藝春秋

りんりきって言ってくれるのよ

六代目――といえば、歌舞伎の尾上菊五郎のことになります。大正昭和を代表する名優です。

さて、『二代目』という本の文庫版が、昨年末に重版されました。なぜ年の暮れに――といえば、この《聞き書き》の語り手が、十一月末、惜しまれつつ世を去ったからです。――中村吉右衛門。

その人を知れば、この題は、まことに重い。

《二代目》に対する初代吉右衛門こそ、六代目菊五郎と、菊・吉と並び称された名優なのです。

初代には男の子がありませんでした。そのため、八代目松本幸四郎に嫁いだ娘が男の子を生んだら、長男は次の幸四郎になる。そして、次男に吉右衛門を継がせるという約束でした。

宿命の子。

そう言ってもいいかもしれない。

太平洋戦争最中の一九四四年五月二十二日に、その子は東京に生まれた。

と、この本は始まります。

太陽王ルイ十四世の孫、ルイ十六世の例は極端なものですが、偉大過ぎる先人の跡を継ぐのは大変なことです。心の負担は計り知れない。それだけの重いものを背負いながら、この《子》は、倒れ臥すことなく、《中村吉右衛門》になっていったのです。

活躍の幅は広く、歌舞伎座などに足を運ばない方でも、テレビ画面を思い起こし、

――ああ、鬼平さん！

と声をあげるのではないでしょうか。

これは、二代目の人生を振り返る聞き書きです。二〇〇八年、毎日新聞日曜版連載。書籍化と、さらに文庫化にあたっても加筆されています。筆者の小玉祥子は、毎日新聞学芸部の演劇担当。ＮＨＫの吉右衛門追悼番組にも登場して

いたので、ご覧になった方もいらっしゃるでしょう。

この本でありがたいのは、巻末に詳細な年譜がついていることです。大劇場での公演は数多いですが、二代目は地方にも来てくれました。わたしは、隣の市の文化会館で、『伊賀越道中双六』の十兵衛を観ました。それが昭和五十九年のことと分かるのです。また、わたしが四国のこんぴら歌舞伎を観に行った時の演目が『身替座禅』。それは平成十一年のことでした。

この年譜を見ながら、二代目の舞台に思いをはせる方も多いと思います。歌舞伎界が、大きな柱を失ったことが残念でなりません。

本のページをめくれば、平坦ではない道のりが浮かんで来ます。二代目は、今までテレビでも自らのことを語っていました。それだけでは分からなかった事実を知り、

——ああ。あの背後に、こういうことがあったのか！

と納得できました。

歌舞伎以外の小さなエピソードでは、若き日、初代水谷八重子と『滝の白糸』で共演した時、人力車のことを、吉右衛門が昔風に《りんりき》といい、八重子に《この子、りんりきって言ってくれるのよ》と感激された——というのが心に残ります。

もうひとつ歌舞伎以外のことでは、昭和四十四年、テレビ朝日で全二十回の『ながい坂』を演じたといいます。山本周五郎の名作です。知らなかった――というと、何と友人が、《ああ。それ観てたよ》。びっくりしました。

――吉右衛門の主水正がいいんだよね。背筋真っすぐ凛としてて、男勝りの星由里子にも、冷静に対処していたような気がする。DVD化しないのかねえ。

何ともうらやましい。映像は残っていないのでしょうが、あるものなら、ぜひ観たいと思います。

『二代目　聞き書き中村吉右衛門』小玉祥子／朝日文庫

灰色熊の「人生」

中学生の頃、小さな書棚に揃えた本の中に、シートンの『動物記』がありました。小学校の図書館でも読みましたが、角川文庫から内山賢次訳で、ずらりと出ているのを見つけたのです。全九冊。

揃えるのも、本の楽しみです。全巻並べては、にこにこしていたものです。角川文庫ですから、読んだ方も多いと思います。同じ内山訳で、ケンリーの『博物記』というのも出ていました。こちらも数冊、買って読みました。

さて、わたしは貸本漫画で育った世代です。中でも、白土三平の『忍者武芸帳 影丸伝』は、途方もなく面白かった。出るのを待ちかねては、借り出したものです。あの場面、この場面が、今でもありありと浮かびます。

その白土が、学習雑誌に『シートン動物記』を描いているのを見かけました。どこでかは覚えていません。しかし、確かに出会ったのです。

――あの白土三平がっ！

と、驚きました。

画力からいって、まさにこれを描くのにふさわしい人だと思いました。しかしながら、それ一作のために、雑誌を買ってもらうことなどできません。そのうち、載っていたのが何という雑誌だったかも忘れてしまいました。

時は流れました。

昨年、白土の訃報を聞きました。今年になってから、書店の追悼コーナーで、分厚いヤマケイ文庫の一冊を見ました。『シートン動物記』です。思いがけない再会でした。これを、昔の自分に、手渡してやりたいと思いました。

わたしは、漫画にくわしくありませんから、解説文をそのまま引くと、《作画担当の岡本鉄二は、弟である》と書かれています。岡本もまた、昨年、亡くなったそうです。兄弟の、この本についての役割分担は、わたしには分かりません。

――シートンをやろう。

といったのはどちらか。二人が、共に思わなければ出来ない仕事でしょう。

一冊の実に半分、三百ページにわたる「灰色熊の伝記」は、「I　ワーブの少年時代」から始まります。

ここは、未開な　西部の地……
それも、小パイニー河の水源にあたる、いちばん　未開な地方……
子熊のワーブは、そこで　生まれた。

という幕開けは、巻末に《原案翻訳＝内山賢次》と明記してある通り、その「一の巻　ワーブの少年時代」の、

ワーブは二十年前にはるか未開な西部の、それも小パイニー河（ロッキー山脈の東面、ワイオミング州イェローストン国立公園の境にある）の水源にあたるいちばん未開な地方に生まれた。

という出だしを、見事に視覚化したものです。説明文と画が、一体化しつつ展開する白土漫画の方法がぴったりの素材といえます。
当人——というか当獣に取材することなどできないのに、聞いた、見ていた——としか思えない、シートンの動物物語。そこから得た感銘が、そのまま熱く展開されます。

これを読む時、我々は、孤独をただ一人の友とし、荒涼たる地で生きた灰色熊ワーブの、まさに人生を、共にたどる思いになるのです。最初に出て来るお母さん熊のまつげが、何ともやさしい。

巻末の初出紹介により、わたしが見た雑誌は『小学六年生』だったと分かりました。その中の「フェニボンクの山猫」だったような気がします。

『シートン動物記』白土三平／画・岡本鉄二／ヤマケイ文庫

音の職人、紅谷《べにたに》愃一《けんいち》

映画を観たことのない人は、（テレビ画面を通して——も含めれば）まずいないでしょう。

田舎に住んでいたわたしにとって、子供の頃の映画館は、一年に一度くらいしか行けない、特別なところでした。そういう頃の銀幕の魅力は、今では想像もできないものでした。

映画について語る本は数多い。しかし、ほとんどは、俳優、監督、作品——についてのものではないでしょうか。これは、日本映画の至宝といわれた人が《映画録音技師の撮影現場60年》を語る本です。

実はわたしは、紅谷愃一の名を知りませんでした。この本を読んで、思い出したことがあります。かつて、短編作品のメイキング映像を観ていたら、

——こちらは、大変な方なんですよ。

といわれる録音技師が現れました。

おじいさんでしたが、現場を見て、何の迷いもなく、たちまち部屋の天袋へと上がり、中に入っていくのです。狭いところから首を出し、マイクを突き出す。状況に合わせたベストポジションが、そこなのですね。

不思議な光景でした。今にして思えば、あれが、この本の語り手、紅谷愃一だったのではないか——と思えてなりません。

あそこだけは録画して、残しておきたかったなと、悔やみます。

紅谷が、大映京都撮影所の録音助手に臨時採用されたのが、昭和二十四年。四本目についたのが、黒澤明の『羅生門』。そこから、次から次へと名作の名が並びます。

かなりの分量の本ですが、まったくあきるということがありません。

現場の話は、どれも興味深いのですが、音の話題で、誰にもすぐ分かるのが、時代がぐっと後になってからの、『セーラー服と機関銃』。

薬師丸ひろ子が、機関銃を撃ちながら《カ・イ・カ・ン》という。画の方はスローモーション、三倍のハイスピードで撮られている。音もそれに合わせた《モガモガの効果音を作っている》ので、紅谷は《ダメだよ》という。

映像と速度が合っていなくても、「カ・イ・カ・ン」というセリフ自体が気持ちよく聞こえないといけないんです。だからリップシンクロ（くちびるの動きと音声が合っていること）を無視して、聴覚的に心地よくなるようにああいう処理をしたんです。（中略）あの場面では、バックに『カスバの女』のメロディを流しています。（中略）そのメロディも録音助手がピアノの単音で、弦を百円玉で弾いて作ったんです。これを合わせてみたら、まさに「カ・イ・カ・ン」の音楽だと思いました。

時代と共に、映像だけを先に撮り、後から綺麗な台詞を入れる方式が主流となり、本来の同時録音は少なくなりました。しかし、紅谷は、現場の音を大切にしました。

東宝創立五十周年記念映画『海峡』のロケ地は、強風と吹雪の竜飛岬。風こそ録音技師にとって、最大の敵なのです。しかし、紅谷は逃げない。この作品をアフレコでやったら、甘いものになる。

——同時録音でやる。

といい、《狂気の人間》と思われたそうです。不可能と思われることを、彼は、いかになしとげたか。

また、神の耳を持つ男といわれた、台湾ロケでのある出来事など、印象に残るエピソードが続きます。

数々の賞に輝き、黒澤明、今村昌平など多くの監督に信頼された紅谷愃一。

これが、その聞き手となり、取材し、見事な文にまとめた金澤誠の、すばらしい仕事であることも、書き添えておきたいと思います。

『音が語る、日本映画の黄金時代』紅谷愃一／取材・文 金澤誠／河出書房新社

和田さんは「和田さん」

和田誠さんは、グラフィックデザイナー、イラストレーター。さらに小説やエッセイも書き、映画監督としても、何本も名作を残し、作詞作曲までしました。驚くしかありません。

いなくなられて、世界がさみしくなった気がする方でした。

ハイライトの箱も和田さんのデザインですから、煙草を喫う人にはなじみ深い。本が好きなら必ず、その仕事と出会っています。絵が違っていても——という例の代表が、黒柳徹子の大ベストセラー『窓ぎわのトットちゃん』（講談社）。いわさきちひろの絵を思い出される方は多いと思いますが、装丁は和田さん。あれもこれもと指を折れば、きりがありません。

昔の日記が残っていたことは、テレビの早朝番組で知りました。話していたのは平野レミさん（以下、敬称を略させていただきます）。

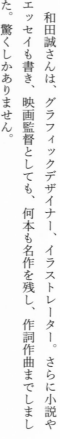

ＮＨＫの『桂文枝の演芸図鑑』でのことでした。和田の描いた、文枝の似顔絵も出て来ました。心に残る、数々の言葉のあと、事務所を整理していたら、和田の、高校時代の日記が出て来たという話になりました。見て、ごめんなさい――といいながら、読んでみたら、友達のこと、映画のこと、音楽のことで溢れている。

日記は、私的なものではあります。しかし、これは読んでみたい――と思ってしまいます。そうしたところが、和田の筆跡をそのまま再現するという、理想的な形で本になりました。

一九五三年十一月、都立千歳高校二年、十七歳の時に始まり、一九五六年二月、十九歳までの日々が記されています。ＮＨＫテレビや日本テレビの本放送が始まった年から、西鉄ライオンズ三連覇の始まる年まで――です。わたしでも、もう少し後でないと懐かしいとはいえない。しかし、パソコンや携帯のなかった時代の方が感覚的には分かります。共感があるのです。

和田は、映画で誠実な人間を演じることの多かったジェームス・スチュアートのファンでした。ファンレターを出したところ、返事が来て《狂喜した》と書いています。

親愛なる　マコト・ワダ

素晴らしい君の手紙と僕の「ハーヴェイ」の時の絵をありがとう。君は中々有能らしい。君が忠実なファンであることを感謝します。

と、始まる手紙でした。この時、高校生の和田に、誰かが「あなたはやがて、来日したジェームス・スチュアートと対談することになるよ」と耳打ちしたらその意外さに、和田は目を丸くしたことでしょう。運命とはまことに不思議なものです。

やがて受験の時が迫って来ます。美術系に進むなら、芸大の方がいい、就職口があるから——という話をききます。

多摩を出た奴がいい仕事をして、いい職についたら、その後の多摩出がいい口にありつけるだろう。そいつに俺がなってもいいわけだ。

若者らしい言葉です。それを現実のものにしたところが凄い。

最後のページには、新聞の切り抜きが貼ってあります。興和新薬が募集した蛙のデザインコンテストの結果発表です。《3万円の蛙　遂に決定!　応募総数なんと四万一千》。一等の栄冠は二人の頭上に輝きました。宇野亞喜良とそして――和田誠。

高校生の手になるとは思えないような、先生方の似顔絵が見られるのも、うれしい。平野レミも、前書きの「この本について」の中でいっています。

《私の知ってる和田さんは、このときからすでに「和田さん」だったんですね》
――と。

『だいありぃ　和田誠の日記1953〜1956』文藝春秋

おみやげの鉛筆

今度の作品で、私の二十一世紀に新たな要素が付け加わった。それは病いと老いと死にもかかわらず、快活さを失わない精神。老いるための心がまえは、これに尽きる。

荻野アンナさんが、『老婦人マリアンヌ鈴木の部屋』（朝日新聞出版）刊行の時に書いた文章は、こう締めくくられています。

荻野さんが、ご両親とパートナーの方を介護しつつ過ごした四半世紀のことは、何冊かの本で読むことができます。筆舌に尽くしがたい時間の末、お父様とパートナーの方を見送った後には、荻野さん自身がうつ病に加え、大腸がんになります。そして、お母様もまた、病気を抱えているのです。

一部屋置いた隣が母の病室で、私は点滴棒を手に、通っては一緒に食事をし、親子喧嘩をしたものだ。その母も二〇一五年に亡くなった。

病院によっては、許されなかったでしょう。許してもらえなければ、生きてはいけなかったのです。

そして、この小説が書かれました。心の苦しみの救いとして買い物をするようなことも含め、さまざまな実体験が踏まえられています。

九十歳の老婦人マリアンヌ鈴木、さらに多彩な登場人物——帯の紹介文を引けば《宝石のヤフオクにはまるヘルパーのモエ、横浜でなりあがる介護実業家のトチ中野、見てくれはいいけれど甲斐性なしのリチャード、整形を繰り返す大道芸人のミッキー……》が、次々と登場します。

中に、荻野さんの専門であるフランスの作家、ラブレーの、「ハンス・カルヴェルの指輪」という艶笑譚が出て来ます。あちらでは有名な話らしく、わたしは高校時代、フレドリック・ブラウンのショートショート集の中で、これのパロディを読みました（現在は東京創元社の『フレドリック・ブラウンSF短編全集4』に収められている話です）。こういう話は忘れない。個人的な感慨ですが、五十年以上経ってから、また出会えたのは、うれしいことでした。

物語の最後の方で、イギリスのロイヤルシェイクスピア劇場のおみやげについて、語られます。そこでは、『ハムレット』の中の有名な台詞、《トゥ・ビー・オア・ノット・トゥ・ビー》すなわち《生きるべきか死ぬべきか》をもじって《2B OR NOT 2B》と刻印された鉛筆が売られているそうです。ハムレットも、びっくりですね。

荻野さんは、言葉遊びが好きな方です。駄洒落がいえるのは、頭が健全に働いている証拠です。大きな困難の前に立った時、人の頭は普通に働くことなど、できなくなります。消えてしまった方が、どれほど楽か。神様は、そんな時《2B OR NOT 2B》をふと思い出せる心を、荻野さんに与えてくださったのだと思います。

『老婦人マリアンヌ鈴木の部屋』荻野アンナ／朝日新聞出版

初出　「本の雑誌」二〇一七年八月号～二〇二三年二月号
「明日の友」二〇二〇年二四五号～二〇二二年二六一号
「作業療法ジャーナル」二〇二一年九月号

北村薫（きたむら・かおる）

1949年、埼玉県生まれ。早稲田大学第一文学部卒業。大学時代はミステリ・クラブに所属。高校で教鞭を執りながら執筆を開始。89年『空飛ぶ馬』でデビュー。91年『夜の蝉』で日本推理作家協会賞受賞。2006年『ニッポン硬貨の謎』で本格ミステリ大賞〈評論・研究部門〉を受賞。09年『鷺と雪』で直木賞受賞。16年日本ミステリー文学大賞受賞。23年『水本の小説』で泉鏡花文学賞受賞。〈円紫さんと私〉シリーズ、〈中野のお父さん〉シリーズ、〈時と人〉三部作、〈いとま申して〉三部作など著書多数。アンソロジーやエッセイ、評論にも腕をふるう〈本の達人〉としても知られている。

神様のお父さん　ユーカリの木の蔭で 2

二〇二三年十一月二十五日　初版第一刷発行

著　者　北村　薫
発行人　浜本　茂
印　刷　中央精版印刷株式会社
発行所　株式会社 本の雑誌社
〒101-0051
東京都千代田区神田神保町一-三十七　友田三和ビル五F
電話　03（3295）1071
振替　00150-3-50378

定価はカバーに表示してあります
ISBN978-4-86011-485-5　C0095